저 별은 모두
당신을 위해 빛나고 있다

저 별은 모두
당신을 위해 빛나고 있다

손힘찬 지음
(오가타 마리토)

RISE

작가의 말

우리는 살아가면서 너무 많은 선택의 기로에 놓인다. 그리고 보통 그 선택은 늘 나를 위하기보다 남들을 위한 경우가 많았다. 문득 내 삶을 돌아보면 온전히 나 자신을 위한 선택을 한 게 언제였는지 기억도 안 난다.

부모님의 기대감을 만족시키기 위해 살아왔고, 친구의 부탁을 차마 거절하지 못해 바보 같은 선택을 하기도 했다. 사랑하는 사람을 위한다는 핑계로 나 자신을 잃기도 했다.

사람에, 삶에, 사랑에 치여 지친 발걸음으로 집으로 향하던 어느 날, 밤하늘을 올려봤는데 무수히 많은 별이 빛나고 있었다. 저 별들은 그저 태양의 빛이 반사돼 밤하늘에서 반짝이고 있는 거겠지만, 내 삶이 한 번뿐이라면 나는 저 모든 별이 나를 위해 빛나고 있다고 믿기로 했다.

별것 아닌 마음을 먹은 것뿐인데 갑자기 온 세상이 나를 위로하고 있는 것만 같았다.

'그래, 나의 삶은 나를 위해 존재하는 것이다.'
'나의 밤하늘에 자신감이 반짝이기를.'

나는 이제 그 누구보다 나를 제일 사랑하기로 했다.

손힘찬
(오가타 마리토)

목차

제 1 장

내가 나를 사랑하는 방법

하늘을 올려다보며

언젠가 이런 글을 읽은 적이 있다.
'하루에 세 번 이상 하늘을 올려다보면 성공한 인생'이라고.
정확하지는 않지만, 어린 시절 읽었던
그림책《가시고기》에서 읽은 것으로 기억한다.
백혈병으로 병들어가는 어린 아들과,
그 모습을 지켜보는 아버지의 처절한 이야기.
하루하루 힘든 나날들을 살아가는 아버지가
자기 스스로에게 되뇌던 말이었다.
힘들지만 삶에 대한 희망을 잃지 않고,
씩씩하게 살아나가기 위한 자기 위로였을 것이다.

왜인지는 모르겠지만, 문득 그 말이 떠올랐다.

그리고 나는

언제 하늘을 올려다본 적이 있는지 떠올려봤다.

전혀 기억이 나지 않았다.

삶에 치여 늘 앞만 보기 바쁜 나날들이었고,

지친 몸을 안고 하루를 마무리할 때는

고개를 떨구고 바닥만 보며 걸을 뿐이었으니까.

하늘을 올려다볼 마음의 여유 같은 건 없었다.

그리고 그날부터 매일 세 번 하늘을 올려보기 시작했다.

맑으면 맑은 대로, 해가 지면 해가 지는 대로,

비가 오면 비가 오는 대로.

매일 다른 하늘일지 모르겠지만,

왠지 나를 위로해주는 것 같았다.

숨 가삐 살아오기 바빠서

하늘을 올려다볼 여유 같은 건

없다고 생각했는데,

하늘을 올려보기 시작하고 깨달은 게 있다.

'여유가 없는 것이 아니라

내 마음에 조급함이 가득했던 것이구나,

하루에 세 번 하늘을 보면 성공한 인생이라는 건

바쁜 삶 속에서도 내 마음의 여유를 느낄 수 있는 사람으로

성장하라는 뜻이구나.'

우리 모두 가끔은 하늘을 올려보자.

바쁜 삶이지만 찰나의 순간 여유로움을 가져보자.

누군가는 삶이라는 게 결국

바쁘게 살거나, 바쁘게 죽는 거라지만

난 그래도 한 조각 여유로움을 느끼며 살아가고 싶으니까.

불안, 걱정, 두려움
이 모든 것들이 몰려오는 순간
생각하자.

사는 거 별거 없다고
지금 이 순간에 집중하자고.

이렇게 생각하는 순간
놀랍게도 미래의 무서움은 사라진다.

018

마음의 틈

사는 게 너무 힘들 때면 이런 생각이 든다.
세상 모든 것들이 나로부터 등을 돌리고 있는 것만 같고,
그 누구도 나를 사랑하지 않는 것만 같다.
나는 쓸모없이 태어나 그 누구에게도 필요가 되지 않으며,
피해 주지 않고 사는 것만이 내가 할 수 있는 최선 같다.

물론 항상 그렇게 좌절하며 살아가는 건 아니겠지만,
너무 마음이 힘들 때면
나도 모르게 극단적으로 생각은 치닫고,
모든 것들을 부정하게 되는 것이지만.

그렇게 부정적인 생각에 휩싸일 때면

나는 나를 둘러쌓고 있는 모든 것들에 대해서 생각해본다.

세상 모든 것들이 나로부터 등을 돌렸고
그 누구도 나를 사랑해주지 않는 것 같겠지만,
잘 생각해보면 지금껏
내가 살아올 수 있게 해 준 원동력은
내 주변에 있는 나를 사랑해주는 사람들이었다.
힘든 시기에 내가 그들로부터 등을 돌리고
나 자신을 고립시켜온 것이지,
그들은 여전히 내 곁을 지키고 있다.
당신이 원래의 밝고 활기찬 모습으로 돌아오기를 기다리며.

020

쓸모없이 태어나 그 누구에게

필요가 되지 않는 것 같다는 생각이 들고,

피해 주지 않고 사는 것만이

내가 할 수 있는 최선 같겠지만,

사실 당신은 당신을 사랑하는 사람들에게

늘 기쁨을 주는 사람이었다.

작은 위로 한마디,

웃음기를 머금고 함께 만들어가던 추억,

함께 있는 것만으로 마음이 편안해지게 해주는 사람.

누군가는 당신을 늘 필요로 해왔고,

당신은 또한 그들에게 행복을 주었다.

마음이 어두워지면 시야가 좁아진다.

세상이 아무리 밝아도

눈을 감고 세상을 보는 것과 다를 바가 없다.

그저 당신은 잠시 어두운 마음의 틈을 헤매고 있는 것이다.

조금 방황하다가 정신을 차리고 보면,

진심 어린 걱정의 마음으로

당신을 여전히 기다리고 있는 사람들이 있다.

좌절하지 말자.

너는 너대로 잘하고 있으니까.

022

잘하고 있고

잘될 것이고

잘될 수밖에 없다.

이 말을 되새기고 있다 보면

나도 모르는 사이에

현실로 되어 있을 것이다.

있는 그대로의 나

나는 지독한 회피형 인간이었다.
나를 둘러싼 문제가 생기면 도망가기 바빴다.
그 문제에 직면하고는, 나의 잘못을 깨닫고,
해결하면서 나아가고.
그런 것들이 옳은 것이라는 건
당연히 너무 잘 이해하고 있다.
하지만 그런 건 말이 쉽다.
막상 힘든 일들이 찾아왔을 때 가장 쉬운 일은,
그로부터 도망가는 거다.

친구와 다투고 나면,
대화로 풀기보다는 홀연히 사라져 버렸다.

024

여자친구와 크게 다투고 나면,
우리는 맞지 않는다며 이별을 말했다.
무언가를 해결하고 앞으로 나아간다는 건
진취적인 사람들이나 하는 일이라고 생각했다.
안 맞으면 안 맞는 대로 서로의 연을 끊으면 되고,
나에게 모자란 부분이 있으면,
그냥 거기에 만족하며 살아가면 된다고 생각했다.
남들은 회피형 인간이라며 나를 욕할지 몰라도,
그게 내가 가장 편하게 살아가는 방법이라고 생각했으니까.
나에겐 그게 제일 편했다.

그런데 시간이 갈수록 이상했다.

내가 편하게 살아가는 방법이라고 믿었고,
그렇기에 나를 위한 선택이라고 생각했는데,
시간이 갈수록 공허해졌다.
마음에는 누구도 채워주지 못할 외로움만 깊어졌고,
누구를 만나도 나를 더 숨기기 바빴다.
나만 편하자고 내가 외면해왔던 나의 문제점들은
누군가가 내 곁을 떠나가게만 만든 것이 아니라,
스스로 나 자신을 병들어가게 하고 있던 것이다.

내가 내 잘못을 고치고 더 발전하며,
누군가에게 인정받아야 한다는 그런 얘기가 아니다.
남에게 사랑받지 못하고 인정받지 못하는 건 괜찮겠지만,

나는 나 자신에게조차도 인정받지 못하고,
사랑받지 못하고 있었다.
내가 가진 단점을 인정하고 받아들이며,
나라는 사람이 어떤 사람인지 알아야
비로소 나를 더 사랑할 수 있다.
단점마저 사랑해주는 게 사랑이니까.
남을 향한 사랑이든, 나 자신을 향한 사랑이든.
하지만 나는 나 자신의 단점으로부터도
눈을 돌리고 있었다.
순간의 마음은 편했을지 모르겠지만,
나는 나 자신을 사랑하는 법마저 잊어버리고 만 것이다.

마주 보자.

나의 단점을.

나의 못난 점을.

누군가에게 사랑받기 위해 고치려고 하는 것이 아니라,

'있는 그대로의 나'를 내가 받아들일 수 있도록.

그리고 내가 있는 그대로의 나를 받아들이고,

나를 사랑하기 시작하면

더 이상 도망치지 않아도 괜찮아질 수 있게 된다.

그 어떤 일을 겪는다고 해도

내가 나를 사랑하니까.

그렇게 내가 나를 사랑하고 나면
언젠가는 눈앞에 나타나게 된다.
내 단점마저도 안아줄 그런 인연이.

인연이 아니라면

더 좋은 사람이 나타날 것이고,

인연이 맞다면

그 사람은 다시 돌아온다.

사람 사이에 맺어지는 관계란

그런 것이기 때문에.

030

놓치고 싶지 않은 것들

너무 치열하게 살다 보면 이런 생각이 들 때가 있다.
어차피 우리는 우주의 작은 먼지 중 하나일 뿐인데,
이렇게까지 열심히 살 필요가 있을까.
성공하는 것도, 아무도 누려보지 못한
부귀영화를 누리는 것도 좋지만
가장 중요한 건 내가 행복한 것 아닌가?
거창하지 않아도 하루 일과를 마무리하고,
내가 사랑하는 사람들이랑
옹기종기 모여 앉아 하루를 이야기하고,
웃음소리가 떠나갈지 모르게 시간을 함께 보내다가
내일을 기약하며 오늘 하루를 마무리 짓는 그런 삶.
거창한 것을 꿈꾸며 살아가는 것도 중요하지만,

가장 중요한 것은 내가 원하는 행복을 찾는 것.
내가 사랑하는 것들을 잃지 않도록 최선을 다하는 것.
많은 것들을 잃어가며 성공하기보다
조금 실패하며 살아갈지라도
놓치고 싶지 않은 것들을, 놓치지 않으며 살아가는 것.

치열하게 성공을 위해 살아가지 말자, 우리.
치열하게 행복하려고 노력하며 살아가자, 우리.

눈이 즐거우려면 좋은 경치를 봐야 하고
귀가 즐거우려면 내 취향의 노래를 듣고
입이 즐거우려면 맛있는 음식을 먹어야 한다.

행복이라는 건 보는 것, 듣는 것, 먹는 것만으로
충족이 되는 아주 간단한 것일지도 모른다.

여기에 덧붙여 같이 즐길 수 있는 사람이 있다면
금상첨화다.

나는 내가 소중하다

평범한 위로인데도 이상하게 더 와닿을 때가 있다.
“오늘 하루도 고생 많았어.”

하루를 끝낼 때면
일상적으로 주고받는 뻔한 위로의 말인데
이상하게 그 말에 눈물이 왈칵 나온다.

가장 평범한 위로가
가장 와닿는 위로이기도 하다고 생각한다.

그런데 잘 생각해보면
주변 사람들에게는 그렇게 쉬운 위로 한마디인데,

그 가장 평범한 위로 한마디조차
나는 나에게 잘해주지 않는다.

내 가장 친한 친구이자
평생의 동반자인 나 자신에게는
오늘 하루는 무엇을 잘못했을까,
혹여나 무슨 실수는 하지 않았을까,
스스로를 혹사시키고 있기에 바쁘다.

오늘 하루도 수고했다고,
매일 잘하고 있다고,
나는 너무 소중하다고.

거울 속 나에게 오늘 하루쯤은 말해주자.
두 눈을 똑바로 마주하고
사랑한다고 말해주자.
그리고 괜찮다면, 오늘 하루뿐 아니라
매일매일 그렇게 나를 안아줘 보자.

내가 나를 소중히 여길 때
세상 모두도 나를 소중히 여길 테니까.

036

떠난 사람에 미련 갖지 마라.
빨리 마음속에서 떠나보내자.

새로운 것이 들어오려면
그릇을 비워내야 하는 법이니까.

생각 정리, 마음 청소

울적한 날 온종일 이불속을 벗어나지 못하다가
'이대로 있어서는 안 되겠다' 마음먹으면
벌떡 일어나 제일 먼저 하는 일이 있다.
집을 말끔히 치우는 일이다.
마음이 복잡할 때면 약속이라도 한 듯
집 또한 늘 어지럽기 마련이었다.
내 마음이 꼭 내가 지내는 곳에 투영이라도 되듯.

이불을 반듯이 개고,
바닥에 널브러져 있는 옷을 옷걸이에 건다.
빨래를 하고, 화장대를 정돈한다.
그러고 나면 왠지

울적해지기 전 원래의 나로 돌아온 기분이다.
모든 것이 말끔해지고,
다시 새롭게 시작할 수 있을 것 같은 기분이다.

그러고 나면 내 주위를 둘러볼 수 있게 된다.
지금의 내가 뭐 때문에 힘들었는지,
왜 우울해하고 있었는지, 뚜렷한 시야로 볼 수 있게 된다.

어질러진 마음에 내 휴식처인 곳마저 어지럽혀져 있으면
생각은 엉키고 판단은 더 흐려진다.
무엇이 문제인지, 어떻게 해야 할지조차
알기 쉽지 않게 된다.

그런데 우선 휴식처가 말끔해지면
내 마음도 조금은 정돈이 되고,
판단이 뚜렷해진다.
내가 왜 힘든지, 무엇이 문제인지 알 수 있게 된다.
그럼 그때부터 다시 시작하게 된다.
인간관계든, 사랑이든, 일이든
정리해야 할 것은 정리하고,
다잡아야 할 것은 다잡고,
원래의 씩씩한 나로 돌아와 하나하나 다시 잡아간다.

나의 마음이든, 내가 머무는 곳이든,
삶이든, 사람이든, 사랑이든.

주기적으로 말끔히 치우고 정리하지 않으면 안 된다.

알게 모르게 쌓여온 먼지와 문제들,

엉켜있는 생각들을 제대로 볼 수 없게 된다.

공간과 상황을 깨끗이 정리하고,

그렇게 다시 시작하면 된다.

지금 좀 어지럽혀져 있을 뿐이다.

무엇도 잘못된 것은 없다.

우린 언제든 보란 듯이 다시 시작하면 된다.

041

'오늘도 행복했으면 좋겠습니다.'

매일 당신에게 전하고 싶은 말.

042

나를 지키며 나아가기

과거로 돌아갈 수 있다면
그 친구에게 그렇게 상처 주지 않았을 텐데,
부모님에게 조금 더 다정하게 대했을 텐데,
사랑을 핑계로 나를 잃어버리며 살지 않았을 텐데.
아무리 후회해도 시간은 돌아오지 않고,
나는 지금을 살아갈 뿐이구나.

어? 그런데 지금 이 순간에도 시간은 흘러가고 있네?
지금 이 순간도 계속 흘러가며 과거가 되고 있구나.

그럼 지금 내 옆의 소중한 사람에게 상처 주지 말아야지.
부모님에게 더 다정한 목소리로 안부를 전해야지.

사랑하는 사람에게 나를
있는 그대로 사랑해달라고 말하며,
나를 지키며 나아가야지.

그리고 시간이 흐른 뒤 지금의 나를 돌아보며,
후회하지 않을 삶을 살아간 나 자신을 대견해해야지.

성공한 사람의 말을 들어보면
돈에 관한 이야기만큼 행복을 언급하더라.

우리 치열하게 사는 것도 좋은데
건강, 재미, 기쁨은 놓치지 말자.

말하려다 삼키는 마음

삼키고 사는 말이 너무 많다.
하고 싶은 말은 산더미 같은데 우리가 보통 해야 하는 말은,
내가 하고 싶은 말보다
상대방이 듣고 싶은 말이어야 하는 경우가 더 많으니까.
조금 답답해도 '원래 산다는 게 그렇지 뭐'라고
스스로 합리화하며 살아갔다.

그런데 살아가다 보니까
그 삼킨 말들이 가슴속에서 나를 쿡쿡 찌른다.
배려한다는 핑계로 참으며 살다가
내 가슴에 병이 날 것만 같더라.
누군가를 위하는 것도, 배려하는 것도

우선 내 마음에 여유가 있어야 가능한 건데.

남들에게 '좋은 사람'이 되는 것보다는
나 자신에게 솔직한 사람이 되는 게 낫다.
하고 싶은 말을 매번 속으로 삼키며
누군가에게 좋은 사람이 되어봤자,
남는 건 차마 내뱉지 못한 말로
속을 끙끙 앓고 있는 나일 테니까.
하지만 하고 싶은 말을 전부 하고 살면 몇 사람에게는
미움받을지 몰라도, 그럼에도 불구하고
내 진실한 모습을 봐주고,
내 곁에 있어 줄 사람들일 테니까.

순간 미움받는 게 두려워 나를 숨기고 사는 건,
지금 당장 얕은 사랑은 받을 수 있을지 몰라도,
장기적으로는 모두에게 가면 쓴
내 모습만 보여주게 되는 일일 뿐이다.
그러면 진짜 나의 모습을
아무도 알아줄 수 없게 된다.
하지만 나에게, 그리고 타인에게도 솔직해지면
당장은 다툴 수도 있고,
때론 서로 미워하게 될지 몰라도
살아가면서 평생 함께할 인연을 얻을 수 있게 된다.
덤으로 속에 쌓여
나를 쿡쿡 찌르는 마음의 짐도 덜게 되고.

우리 하고 싶은 말은 하면서 살자.

속으로 삼킨 말들이 밤하늘의 별처럼 무수히 많아

밤을 지새우는 일이 없도록.

알면서도 끊지 못하는 관계

알면서도 하지 못하는 행동

알면서도 미루는 계획

우리는 알면서도 하지 못하는 것이 많다.

하나만 해도 우리 인생은 바뀌기 시작한다.

050

내 삶의 주인공은 바로 나

'네 삶의 주인공은 너야!'
뻔한 위로의 말이라 그런지 가슴에 와닿지 않을 때가 많다.
그런데 뻔한 말이라는 건 바꿔 말하면,
너무 당연한 사실이라는 소리이기도 하다.

내가 내 삶의 주인공이라는 것.
그 누구도 내 삶을 대신 살아주지 않으니까.
내가 나로 태어난 이상
다른 사람의 삶을 살아갈 리 없으니까.

언제까지나 네 삶의 주인공은 너니까,
너 자신을 사랑하고

'너다움'을 잊지 않고 살아가라는 가장 큰 위로인 것이다.
뻔한 위로라고 생각해 마음에 와닿지 않았을 뿐.

잘 생각해보자.
우리는 인생이 가끔 너무 복잡하다고 여기지만,
사실은 너무 간단하다.

눈을 뜨고 하루를 시작하며
하루를 고달프게 시작하기보다,
오늘은 또 어떤 행복한 일들이 가득할지
설레는 마음으로 시작하면 더 행복해질 수 있다.

싫어하는 일을 참으며 억지로 하기보다,

좋아하는 일을 하며 하루하루를 사랑하는 것들로

가득 채우면 된다.

싫어하는 사람을 곁에 두기보다,

사랑하는 사람들과 함께하며

하루하루 추억을 쌓아가면 된다.

하지만 그게 쉽지 않다.

왜냐면 '내 삶의 주인공은 나'라는

그 가장 당연한 사실을

가끔 망각하며 살아가기 때문이다.

남들을 먼저 기준으로 두다 보니,

그들의 눈치를 보며 살고,

나 자신보다 내 주변 사람들의 기대감을

충족시키기 위해 살아가고,

내 불편함을 감수해가며 관계를 이어가기도 한다.

'나의 인생'이라는 영화 속에서

늘 내가 조연이 되고, 남들이 주연이다.

꼭 기억하자.

가장 뻔한 말이 어떨 땐

가장 진실된 말이기도 하다.

054

내 삶의 주인공은 나고,

네 삶의 주인공은 너라는 걸.

언제까지나 그 사실은 변하지 않을 거라는 걸.

아무것도 하지 않으면 아무 일도 없지만,
아무거나 해보면 어떤 모습이든 될 수 있다.

잘 모르겠으면 그냥 해봐.
세상에 안 되는 일은 생각보다 없어.

056

내 마음대로 행복해지기

누군가에게 '나쁜 사람'이 되는 걸 겁먹지 말아야 한다.
주변을 잘 둘러보자.
누군가에게는 그렇게 나쁜 사람이,
또 어떤 사람에게는 살면서 놓칠 수 없는
가장 소중한 사람이기도 하다.

나 또한 그렇다.
누군가에게 좀 나쁜 사람이 될지 몰라도,
누군가에게는 둘도 없는 평생의 동반자다.
사람이란 그렇게 상대적인 것이다.

모두에게 '좋은 사람'이 되려고 할 것이 아니라

나와 잘 맞는 사람에게 좋은 사람이면 된다.
자칫 모든 것을 다 놓치지 않고 꽉 쥐려고 하다가
정작 아무것도 손에 쥘 수 없는 일이 생기기도 한다.

나를 받아줄 수 있는 사람이 누군지 아는 것,
내가 받아줄 수 있는 사람이 어떤 사람인지 아는 것.
인간관계에서는 그게 제일 중요하다.

정답을 찾으려고 할 것이 아니라
나를 행복하게 해주는 사람들을 찾을 것.
그것만이 나를 미소 짓게 할 테니까.

말할까 말까 고민될 때는 눈치껏 하고

정말 말해야 할 순간에는 확실하게 말하자.

아무것도 하지 않는 즐거움

가끔은 아무것도 하지 말아 보자.
우리는 항상 무언가를 하고 있기 바쁘다.
사람을 만나고, 자기 계발에 몰두하고, 열심히 일을 한다.
매일매일 너무 치열하게 살아간다.
산다는 게 다 그렇다지만,
가끔 아주 가끔씩은 거기에서 벗어나 보는 거다.
'아무것도 하지 않는 것'을 하는 거다.

해야 할 것들에서 벗어나 자유로워지는 거다.
산더미처럼 쌓인 해야 할 것들로부터
무책임하다고 느껴질 수도 있다.
책임감에 목이 조여가며 살아가고 있다는 거다.

그 무책임감으로부터도 벗어나 보는 거다.

깃털처럼 가벼워져 보자.

무엇을 해야 할지 고민하며 하루를 보내기보다

무엇을 안 해도 되는지 고민하며 실컷 게을러지고,

모든 책임감으로부터 벗어나

관계 속에서, 사회 속에서 나의 역할로부터 벗어나

깃털처럼 가벼워지자.

그럼 그동안 여러 상황과

관계 속에서의 역할로 정해져 있던 나로부터 벗어나

오랜만에 본연의 '나'가 될 수 있다.

무엇을 해야 하는 나 자신이거나,

어떤 모습이어야 하는 내가 아니라
그냥 있는 그대로의 나.
온갖 스트레스로부터 벗어나
한껏 게을러진 나를 가끔은 만끽하자.
있는 힘껏 무책임한 나로 하루를 살고,
재충전의 시간을 가지는 거다.
앞으로 다가올 매일을 더 나답게 살아갈 수 있도록.

목표가 거대해서 자신이 없어진다면
작은 것부터 하나씩 해보자.

세상에 존재하는 모든 위대한 것들은
티끌만 한 것에서 완성된 거니까.

나를 행복하게 하는 것

이 세상 누군가는
남들은 상상도 할 수 없는 큰돈을 벌면서도
하루하루 우울함에 시달리다가
결국 스스로 삶을 마감한다.

누군가는 정말 평범하게 살아가며
남들이 말하는 부귀영화 같은 건 누리지 못하더라도,
지금 자신에게 주어진 상황도 벅찰 만큼 감사하다며
하루하루 행복에 겨워 살아간다.

부귀영화를 꿈꾸는 이들에게 평범하게 산다는 것은
누리고 싶은 걸 누리지 못하며 살아가는

비극처럼 보일지 몰라도
사실 정말 불행한 이들은
하루하루에 주어진 행복을 전혀 보지 못하고,
다가오지도 않은 미래만을 위하여
살아가는 것일지도 모르겠다.

물론 목표를 이루기 위해
앞으로 나아가는 이들을 비난하는 것은 아니다.
그들에게는 그들만의 삶이 있는 법이고,
마찬가지로 평범하게 살아가는 이들에게도
그들만의 삶이 있다는 거다.
온갖 부귀영화를 누리는 것만이

가치 있으며 화려한 삶이고,
평범한 것은 초라한 삶이 아니라는 것이다.
각자 추구하는 가치가 다른 것일 뿐.

하지만 요즘엔 모두가 다 열심히 살고,
반드시 성공해야만 된다고 말하는 것 같다.
꼭 그래야 하나?
난 지금 나에게 주어진 이 삶이
너무 좋고 만족스러운데.
왜 휘황찬란하게 빛나는 것들만
대단한 것처럼 여기는 걸까.

누군가와 비교하며 살아갈 것이 아니라
내가 지금 이 자리에서 누릴 수 있는 행복이 무엇인지
아는 사람이 난 진정한 승자라고 생각한다.
행복은 저 멀리에 있고,
거기까지 다가가야만 얻을 수 있는 것이 아니다.
지금 여기에도 있고, 내가 찾는 것이지.

그 무엇도 해내지 못한 것 같아서 자책한다면
그만해도 괜찮다.

무의미한 하루는 없다.

저 별들이 무슨 의미를 가지고 빛나고 있겠는가.
그저 존재할 뿐이다.

그렇다면 당신은 그 별보다 큰 존재이니
얼마나 더 값진 삶인가.

068

아픔을 드러낼 수 있는 용기

위로받는 걸 불편해했다.

누군가에게 내 약점을 보이는 것만 같아서.

애초에 누군가가 나를 위로한다는 건,

우선 내 마음의 아픔을 그 사람에게 표현해야만

하는 일이었으니까.

그래서 늘 나의 약한 모습을 숨겼다.

아픈 마음을 내색하지 않았다.

그러던 어느 날 문득 깨달은 게 있다.

오히려 위로받는 법을 모르는 게 더 나약한 거라는 걸.

왜냐하면 위로받기 위해서는

내 약점마저 드러낼 줄 알아야 하는데,

그 약한 모습을 누군가에게 보이려면 필요한 게

바로 '용기'라는 걸 깨달았기 때문이다.

진짜 강한 사람은 용기 또한 있다.
그렇기에 용기를 가지고,
나의 약한 모습을 누군가에게 보일 수 있다.
나는 강했기 때문에 내 약점을 숨길 수 있던 게 아니다.
오히려 나약하고 용기가 없었기에
나의 아픔을 보일 수 없었던 거다.

강할수록 홀로 견디는 것이 아니라,
용기를 내서 나의 나약한 모습마저도 보일 수 있다.
그리고 눈물을 펑펑 흘리며

070

누군가의 품에 안길 수도 있다.

누군가를 안아주고 달래주는 것에도

굳건함이 필요하겠지만,

누군가의 품에 안겨 펑펑 우는 것도 마찬가지인 것이다.

사랑하는 모두를 위로해주고 싶어서

강한 사람이 되려고만 하는 그대에게,

오늘 밤에는 따뜻한 위로의 말 한마디가 있었으면 좋겠다.

바다 보러 가자.

산으로 가자.

별 보러 가자.

무엇이든 함께 보러 갈 수 있는

당신이 있어 행복하다.

나는 나답게 살기로 했다

나는 나답게 살기로 했다.
아무리 생각해도 나는 내가 너무 좋다.
누군가의 간섭 때문에
나 자신의 모습을 바꾸려고도 해봤는데
그렇게 살아보니까 그건 내가 아니더라.
아니, 누군가가 보기에는
더 나은 나처럼 보일 수도 있겠지만,
내가 사랑하는 나의 모습은 아니더라.

남들에게 사랑받는 것보다
내가 나를 사랑하는 게 더 중요한 거 아닌가?

가끔 단점밖에 안 보일 때도 있고
남들보다 못나 보일 때도 있겠지만,
그래도 평생 함께해야 할 나 자신이니까.

나는 그래서 내가 제일 좋다.
누군가에게 사랑받기 전에
내가 나에게 먼저 사랑을 줘야 한다.
누군가를 안아주기 전에
이젠 나 자신을 먼저 안아줄 것이다.

074

묵묵히 상대의 이야기를 들어주는 건
그 사람의 말을 내 그릇에 담는 일이다.

늘 들어주는 사람을 당연히 여기지 마라.
그 사람은 온몸과 마음을 다해
당신의 말을 받아주고 있다.

버려야 할 감정들

믿었던 사람에게 배신당했을 때
한동안 그 사람을 미워하고, 화가 많았던 시절이 있었다.
믿음이 컸던 만큼 돌아온 배신감도 컸던 것이다.
그런데 시간이 지나고 보니 충분히 이해할 수 있었음에도
그 시절에 난 감정을 주체하지 못했었다.
이런 나를 보며 친구는 내게
'누군가를 미워해도 네게 남는 게 없다'라고 조언해주었다.

곰곰이 생각했을 때
화내는 일, 누군가를 미워하는 일은
나를 망치는 감정들이었고,
남는 건 상처뿐이었다.

아마 여기서 친구가 내게
진심 어린 조언을 해주지 않았다면
그 미움과 화는 더 커졌을지도 모른다.

'누군가를 미워하면 자연스레 그 사람을 닮아간다.'
'화를 낸다는 건 불타는 숯을
손에 들고 상대에게 던지는 일이다.'

순간 이 두 문장이 생각났다.
아, 미움과 분노라는 감정을 버려야 하는 이유는,
그 누구도 아닌 나를 위해서 해야 할 일이구나 싶었다.

이상하게 당신과 있으면
난 특별한 사람이 된 것 같다.
하지만 금방 알게 된다.
이상한 것도 특별한 것도 아닌
당신으로 인해 나다워지는 것이구나.

지금 이 모습이 스스로 마음에 들어서
그렇다는 사실을.

틀린 질문에는 옳은 답이 나올 수 없다

가끔 나 자신이 미치도록 싫을 때가 있다.
그럴 때 우리는 나 자신에게
험악한 질문을 무자비하게 던진다.

"난 왜 이 정도밖에 안 되는 인간이지?"
"난 왜 이렇게 생겨 먹은 걸까?"
"도대체 어디서부터 잘못된 걸까?"

부정적 생각으로 시작된 질문은
결국 나에게 부정적인 답변을 안겨줄 뿐이고,
끝내 나는 더 나 자신을 미워하게 된다.

좋아하는 영화 〈올드보이〉에 다음과 같은 대사가 나온다.

"질문이 틀린 데 어떻게 답이 옳을 수가 있냐고."

우리는 정답이 없는 삶의 딜레마 속에서

해답을 찾기 위해

세상에 그리고 나 자신에게 여러 질문을 던진다.

그리고 그 질문에 대한 해답은

내 인식을 형성해나가기 시작한다.

그런데 애초에 질문이 틀리면

'옳은 대답'이 나올 수가 없다.

물론 질문을 올바른 방향으로 해도

그 대답은 틀릴 수도 있고, 반대로 맞을 수도 있다.

대개 정답은 정해져 있으니까.

하지만 질문이 틀리면 절대로 옳은 대답이 나올 수가 없다.
애초에 질문이 틀렸기에
옳은 대답이 나올 수가 없는 것이다.
옳은 질문을 해도 정답을 찾을 수 있을까 말까 한데,
틀린 질문에서 옳은 답이 나올 수 없다.
틀린 질문을 통해 옳은 대답을 찾을 수 있는 가능성마저
원천적으로 봉쇄돼버린다.
이는 첫 단추를 잘못 낀 옷처럼
애초에 판이 잘못 짜인 상태에 빠진 것과 같다.

즉 자기 자신에 대한 부정적인 질문은
애초에 질문 자체가 틀린 것이다.
질문이 틀렸으니 옳은 대답이 나올 수가 없고,
나에 대한 부정적인 질문의 부정적인 대답은
절대로 올바를 수가 없게 되는 것이다.

틀린 질문에는 정답이 없다. 그러니
'난 왜 이 정도밖에 되지 않는가'를 물을 게 아니라,
'어쩌다 이렇게 됐는지'를 스스로 묻고 해답을 찾으며
앞으로 나아가면 된다.

'난 왜 실패했는가'를 물으며 스스로 자조할 게 아니라,

지나온 길을 돌아보며
나 자신을 다시 가다듬으면 될 뿐이다.

'나 자신이 최악'이라
자기 자신을 벼랑 끝으로 몰 것이 아니라
어디서부터 어떻게 다시 시작해야 할지를 궁구하면 된다.

그렇다.
나를 사랑하는 것은 거기서부터 시작된다.
지금의 내 모습은 지난 내 선택의 총합이다.
선택 하나하나를 받아들이되, 과거의 나를 부정하지 말고
그로부터 올바른 질문을 던지고,

언제든 다시 시작하면 된다.

무언가를 이루기 위해 늦은 때란 없다
영화 〈벤자민 버튼의 시간은 거꾸로 간다〉에는
다음과 같은 대사가 나온다.

"살아가면서 너무 늦거나 너무 이른 건 없단다.
넌 뭐든지 할 수 있고 될 수도 있어.
꿈을 이루는 데 시간 제한은 없단다.
지금처럼 살아도 좋고, 새 삶을 시작해도 돼.
최선과 최악 중 최선의 선택을 하렴.
너와 생각이 다른 사람을 만나며

후회가 없는 삶을 살았으면 좋겠다.
조금이라도 후회가 생긴다면,
용기를 내서 다시 시작하면 돼."

현재의 내 삶에 몰입하는 것.
그리고 실패했을 때 좌절하며 나 자신에게
부정적인 질문을 던지는 게 아니라
'용기'를 한 조각 내어 다시 시작할 것.

나를 사랑하는 것에는 특별한 법칙이나
아무도 모르는 비법 같은 건 없다.
정직하게 그리고 묵묵하게,

지금까지의 내 삶을 담담하게 받아내면 된다.

자기 자신에 대한 혐오가 목 끝까지 차오를 때
나를 사랑해줄 수 있는 건 결국
늘 내 옆에 있는 나 자신이니까.

인간이라는 말의 한자를 좋아한다.

사람 '인(人)', 사이 '간(間)'.

사람과 사람 사이에서 우리는 비로소

'있는 그대로의 나'가 된다.

상대방과 나 사이에서 적절한 균형을 지키는 것.

너무 상대방만 배려해서도,

너무 나 자신만 지키려 해도 안 된다.

그 사이 어디에선가

가장 시원한 바람이 부는 위치에서

늘 '나답게' 살아갈 수 있기를.

시간은 나를 기다려 주지 않는다

한 번은 정말 친한 형이 내게 물었다.
"너는 20대 초반에 뭐하면서 지냈냐?"라고 말이다.
형의 물음에 나는 할 말이 없었다.
추억을 만들며 지내기에
몸과 마음의 여유가 없었기 때문이었다.

집에 돈이 없었기 때문에
내가 돈을 벌어야만 살 수 있었고,
내가 아니면 '이 집안은 답이 없다'라는 사실에
악착같이 하루하루를 버티며 살 수밖에 없었다.

내게 주어진 세상은 부유하고,

사랑 가득한 세상이 아니었다.

돈이 없어 미래를 걱정해야만 하는 삶을 살았고,

물건값을 계산할 때 액수를 보며 눈치를 봐야 했었다.

어린 시절의 나는

'세상은 왜 이렇게 불공평한 걸까' 불만이 많았고,

그 화는 자연스레 무기력함으로 바뀌게 됐다.

학습된 무기력에 지배당하여

'나는 그저 그런 존재'라 여겼고,

원하는 삶이 있으면서도 자연스레 포기하고

세상과 타협을 보게 됐다.

타협한 나, 나답지 못한 모습으로
만나는 사람들과 거짓된 미소를 지으며 지내던
나의 삶은 우주에서 나 홀로
동떨어진 채로 남겨진 것만 같았다.

자신의 존재를 부정하는 이유는
가난이 될 수도 있고, 책임이 될 수도 있고,
상처가 될 수도 있다.
이런 여러 가지 요소나 한가지 결핍으로 인해
온전히 '나'답게 살 수 있음에도
많은 이들이 자기 삶을 빼앗긴 채로 살아가는 것 같다.

외로움이 많은 탓에
나도 모르게 집안을 쓰지 않을 물건들로 채우게 되고,
사람에게 상처가 많은 탓에
유난히 밝은 것 같지만,
절대로 속마음을 보여주지 않는 것처럼.

누구나 자신만의 사연이 있었고,
그래서 포기를 하게 된다는 사실이 문득 서글펐다.

이건 내가 스스로 못되게 굴었던 걸까.
아니면 세상이 나를 이렇게 만든 걸까.
지금 나의 현실은 바뀔 수 없는 걸까.

이 힘듦은 앞으로도 계속 이어지는 걸까.

이런 의문이 확신이 되는 순간에
우리는 절망에 빠지게 된다.

마음이 힘들던 어느 날,
우연히 본 애니메이션 〈귀멸의 칼날, 무한열차〉 편에
다음과 같은 대사가 나온다.
타오르는 불처럼 뜨거운 캐릭터, 렌고쿠 쿄주로의 대사다.

“가슴을 펴고 살아라.
자신의 연약함이나 한심스러움에 마음이 꺾일지라도

마음을 불태워라. 이를 꽉 물고 앞을 향해라.
네가 발을 멈춰 웅크려 있을 때도 시간은 멈춰주질 않는다.
같이 멈춰서 슬퍼해 주지 않는다."

아직 연약한 주인공 '탄지로'를 대신해
자기 자신을 희생하며
렌고쿠 쿄주로가 죽어가고 있을 때 유언으로 남긴 말이다.

약한 자신이 죽어야 했는데,
강한 렌고쿠 쿄주로 씨가 죽었다며
자기 자신을 깎아내리는 탄지로에게 그가 내뱉은 말이다.

도망가고 싶을 때, 무언가를 포기하고 싶을 때마다
애니메이션을 돌려본다.
그리고 마음을 다시 한번 불태운다.
그래, 시간은 기다려주지 않는다.
내가 멈춰있을 때면
꼭 나를 비웃듯이 더 빨리 앞으로 치고 나간다.

빼앗긴 자유를 되찾자.

한 번 사는 내 인생,
그렇다면 전력으로 한 번 나가보자.
최선을 다해서 행복해지자.

비록 당장은 원하는 삶을 살지 못하더라도
내가 바라는 현실이 눈앞에 맞이하는 그 날까지
멈추지 말자.

내가 멈췄을 때, 시간이 멈춰서 같이 슬퍼해 줄 일은 없지만
전력으로 뛰어나간다면 그 시간 속에서 나는
땀을 뻘뻘 흘리며 거친 숨소리로 미소 짓고 있을 테니까.

전력을 다해 뛰는 이들에게 '러너스 하이*'가 찾아오듯이.

* 러너스 하이(Runners' High)

장시간 달린 후 고통이 정점을 찍을 때 갑자기 찾아오는 짜릿한 쾌감이나 도취감으로, 행복감과 비슷하며 피로가 사라지면서 새로운 힘이 생긴다.

제 2 장

나의 삶은 내가 만들어 간다

행복한 지금을 살자

자주 미래나 과거에 대해서 생각한다.
만약 그때 내가 그러지 않았더라면,
미래에 이렇게 할 수 있다면.

지난 과거를 떠올리는 일은 후회를 남긴다.
미래에 대한 강한 바람은 나를 자꾸 좌절시킨다.
과거를 떠올리는 일은 보통
내가 해내지 못한 아쉬운 일들을 떠올리는 일이고,
미래에 대한 바람은 100퍼센트 이루어지지 않으니까.

그런데 생각해보면 우리에게 미래나 과거가 있던가?
과거라고 불리는 그 순간들은 이미 지나갔다.

내가 어떻게 하려고 해도 도무지 어떻게 할 수가 없다.
우리가 미래라고 부르는 그 순간들은 지금 이 순간에도,
매 순간 지금, 현재가 돼가고 있다.

그래, 사실 우리에게 과거나 미래라는 건
없는 것일지도 모른다.
내가 보고, 듣고, 느낄 수 있는 것은
매 순간 지금밖에 없으니까.
그게 아마 현재를 'Present'라고
부르는 이유일지도 모르겠다.
'Present'는
'선물'과 '현재'를 동시에 의미하는 단어니까.

그래, 지금을 살자.

과거의 후회로부터 벗어나자.

내가 어찌할 수 없는 순간이니까.

미래를 기대하며 살지 말자.

내가 할 수 있는 건,

지금 이 순간에도 현재가 돼가고 있는 미래를

하루하루 최선을 다하며

나의 행복한 지금으로 바꾸는 일일 테니까.

그래, 지금을 살자.

필요한 사람보다는 고마운 사람이 되고 싶다.
고마운 사람보다는 필요한 사람이 되고 싶다.

역할에 따라 다르겠지만 이왕이면
난 사랑해서 필요한 사람이 되고 싶다.

슬픈 만큼 기쁨이 찾아올 거야

심심치 않게 죽음을 목격한다.
직접적으로 보는 건 아니라고 해도
주변 사람이나 미디어 속에서.
그리고 스스로 목숨을 끊었다는 소식
또한 종종 맞이하게 된다.
나는 그럴 때마다 과연
그들이 어떤 마음이었을지 짐작해본다.
살아가겠다는 의지보다 죽어야겠다는 의지가 더 강해져
스스로 자신의 목숨을 끊은 사람들이
과연 어떤 마음이었을지.
그러면 괜히 마음 한켠이 시리다.
얼마나 절망적이고 비참했기에 그런 선택을 했을지…….

나 또한 죽고 싶다고 생각해본 적이 있다.
앞으로 살아갈 날들이
지금껏 살아온 날들과 별반 다를 바가 없을 것만 같아서.
보통 스스로 죽음을 택하는 일은 지금 당장의 힘듦보다
앞으로의 삶도 지금까지와 다를 것이 없다는
무기력감, 절망감에서 비롯된다고 한다.
즉 우리를 극단적인 선택으로 내모는 것은
힘듦보단 바뀌는 것이 없을 거라는 '절망감'인 것이다.
그렇다면 반대로 우리를 살아가게 하는 건
앞으로 더 나은 삶을 살 수 있을 거라는 '희망'인 것이고.

영화 〈쇼생크 탈출〉에 이런 말이 나온다.

"희망은 위험한 거야. 희망은 사람을 미치게 할 수 있어.
희망을 가졌다가 그것이 꺾였을 때
사람은 무너지게 된다고."
나는 그때 속으로 생각했다.
'그렇다면 그 절망의 순간에
다른 희망을 또다시 가지는 건 어떨까?'라고.

유치한 일일지 모르겠지만,
나는 그래서 갈 수 있을지 없을지도 모를
먼 여행 계획을 짠다.
'내년에는 꼭 꿈속에서만 그리던
태평양의 어느 섬에 가봐야지.'

구체적이지 않아도 그런 희망을 하나 정도 가지면
왠지 지금 당장의 힘듦도 견딜 수 있게 된다.
견디다 보면 좋은 일이 찾아올 것 같아서.

매주마다 로또 복권을 한 번 사보자.
어느 여행지에서 자유롭게 활보하고 있는 나를 그려보자.
입꼬리가 내려가지 않고,
배가 아플 만큼 웃고 있을 나를 상상해보자.
우리 당장의 힘듦보다 찾아올 기쁨을 기대하며 살아가자.

말에는 무게가 있어야 하고
행동에는 책임이 따른다.

언행을 맞추기 위해 우리 너무 쉽게 말하지는 말자.
그 말과 행동으로 인해 누군가는 상처받거나
당신을 오해할 수도 있으니까.

하루하루가 소중해

문득, 너무 갑작스럽게 이런 생각이 들 때가 있다.
'내 삶이 무슨 의미가 있는지,
무엇을 위해서 이렇게 아등바등 사는지.'

그런데, 내가 살아가는 것에 꼭 이유가 있어야 하나?
아침에 눈을 뜰 때 또 하루가 주어진다는 것에 감사하고,
누군가에게 의미 있는 사람이
될 수 있다는 사실에 기뻐하고,
내 존재만으로 감사해하는 부모님이 있음에 살아가고,
함께 웃고 떠들며 하루의 마무리를
누군가와 함께 할 수 있다는 사실에 힘을 얻고.

꼭 거창한 이유가 있어야만 하는 건가?
그냥 그렇게, 이렇게 살아가는 것도 괜찮지 않나?
대단한 사람이 되는 것도 너무 멋진 일이겠지만,
내가 내 삶에 만족하며 살아가는 것 또한
나라는 사람으로서 충분히 대단한 것 아닌가?

만족하지 못하며 불행하게 살아갈 바에야,
내가 나라는 이유만으로 행복할 수도 있는 거니까.

의미 없는 삶은 없고,
나는 나의 의미를 찾아가면 되는 거니까.
그렇기에 의미 없는 나의 나날들은 없는 거니까.

소박하게 내 하루하루의 의미들을 그렇게 찾아가며
나는 또 오늘 하루를 살아가야지.

그저 그런 사람과 지나치게 관계하면 불안해지고,

정말 아끼고 사랑하는 사람과 가까워지면

행복해진다.

이것이 반대가 되어선 안 된다.

스스로 선택하는 삶의 방향

삶은 속도가 아니라 방향이다.
가끔 나보다 먼저 나아가는 사람들 때문에
조바심이 나겠지만,
그들도 나아가던 방향이 틀려
결국 제자리로 돌아오곤 한다.
중요한 건 얼마나 빨리 나아가냐가 아니라
내가 나아가야 할 길을 정확하게 알고,
비록 느릴지라도 천천히 한 걸음씩 나아가는 거다.

그러니 내가 나아가고 있는 길을 의심하지 말자.
나를 믿어주자.
잠깐 쉬어가도 된다.

이 세상에서 너를 가장 잘 이해하는 사람은
그 누구보다 바로 너 자신이니까.
네가 선택한 이 길이 맞다는 걸 잊지 말자.

그 누가 의심하더라도 괜찮다.
시간이 흐르고 걸어온 발자국을 뒤돌아보면,
한 발자국, 한 발자국 돌이켜보면,
조금 느릴지 몰라도, 꾹꾹 눌러 담은 그 발자취 속에
너의 노력이 그대로 비추어 보일 테니까.

나에 대해 이러쿵저러쿵 말하는 사람 치고
내게 진심 어린 애정을 가진 사람은 못 봤다.
거짓 애정은 불필요한 간섭을 하고
진짜 애정은 필요한 말을 내게 해준다.

저 별은 모두 당신을 위해 빛나고 있다

저 무수히 많이 빛나는 별들은 당신을 위해 빛나고 있다.

어느 여름날, 제주도에서 휴가를 보낸 시절이 생각난다.
무더운 날씨에 땀도 나고, 썩 즐겁지만은 않았지만
저녁 시간이 지나 새벽을 앞두고 있을 때
이 순간을 기다리기라도 한 것 마냥
갑자기 무수히 많은 별이 보이기 시작했다.

밤하늘에 반짝이는 별들이 아름답기까지 했다.

살면서 이렇게 오랫동안 고개가 아프도록
별을 바라본 적이 있었을까 싶을 정도로

신기한 경험이었다.

나의 일상에서 자주 접한 거라곤 사람들에게 치이고,
일로 스트레스받는 것뿐이었는데,
이날만큼은 무언가 달랐다.

나를 위해 나타난 별은 아니라는 생각이
순간 들었지만 반면에 나를 위해 빛나고 있다고 믿는 건
어쩌면 내 선택과 믿음이지 않았을까 싶다.

저 무수히 많이 빛나는 별들은
당신을 위해 빛나고 있다.

당신의 자존감, 자신감, 존재감, 모든 노력이
저 하늘에 떠있는 별처럼 찬란히 빛나길 바란다.

'아'하고, '어'하고 다른 것처럼

우리는 말 한마디를 바꾸는 것만으로

관계의 변화, 생각의 변화, 인생의 변화가 시작된다.

할 수 있을까. (×)

할 수 있을 거야. (□)

할 수 있다. (○)

마음 맞는 사이

넓고 깊은 인간관계를 바랐던 게
착각이고, 실수였던 거 같다.
모든 사람과 깊게 친해지고,
곁에 사람을 많이 두면 좋은 거라고 생각했다.

어느 누구도 떠나지 않도록
인간관계에 많은 시간과 노력을 쏟았다.
하지만 그렇게 지내다 보니
나보다 남이 중요해지는 때도 많았다.
여기서 많은 사람을 챙기는 데에 한계를 느꼈다.

그때부터 내가 안고 가려고 했던

어려웠던 관계부터 정리하기 시작했다.

맞춰주려고 애쓰는 게 힘든 사람,
자꾸 내 앞에서 누군가의 험담을 늘어놓는 사람,
말투가 뾰족하고 모난 사람,
나를 피곤하게 하는 사람 등.

다행스럽게도 그렇게 관계를 정리하고 나니
사람을 만날 때 여유도 생겼고,
좋은 인연들에게만 잘하면 돼서
인간관계에 대한 부담감도 많이 사라졌다.

많은 사람을 곁에 두는 게 꼭 좋은 건 아니다.

애쓰지 않고 피곤하게 하지 않는,

마음이 맞는 몇 명의 사람이면 충분하다.

지나친 걱정은

당장의 즐거움을

누리지 못하게 한다.

건강한 관계 만드는 비결

성격은 말투에서 나타나고,
본심은 태도에서 나타나며,
센스는 세심함에서 나타나고,
감정은 얼굴에서 나타난다.

누군가를 미워할수록 원망이 가득해지고,
누군가를 원망할수록 화가 많아지며
누군가를 험담할수록 사람들은 나를 멀리한다.

그러니 우리 칭찬을 한 번씩 더 해주면서 기분 좋게 하고,
정을 나누면서 더욱 돈독해지고 가까워지자.

사랑을 더 주면서 일말의 후회도 남기지 말고,

표현을 더 하면서 당신의 진심을 전하도록 하자.

상대에게 받으려고 하기 전에 먼저 주는 습관을 가져보자.

이것이 건강한 관계를 만들기 위한 첫걸음이 될 테니까.

감사하며, 사랑하며,

표현하며 살자.

부정적인 말, 상처 주는 말

하면서 살기에는 시간이 아깝다.

당신은 언제라도 빛날 존재에요

우리 엄마는 늘 내가 하고 싶은 일을 하라고 말해주었다.

어른의 관점에서 보기에
이 아이가 어떤 재능을 지니고 있는지 모르고,
그 일을 과연 잘할지도 모르는 일인데 말이다.

나보다 몇 살 어린 동생이 무언가 하겠다고 그러면
기대되는 이가 있는 반면에
걱정되는 이가 있는 것처럼,
난 그렇게 뛰어나고 잘난 아이가 아니었다.

소위 말하는 영재나 천재도 아니었고

무엇 하나 잘하는 게 없었는데 말이다.

그런 아이였는데 '하고 싶은 일이 생겼다'라고 말하자마자
"그러냐, 그럼 꼭 해봐라.
엄마는 이제 효도받을 일만 기다리면 되는 거야?"
라고 웃으며 말해주었는데,
지금 생각해보면 마음이 뭉클해지는 한 마디다.

오늘날의 내가 존재할 수 있는 이유는
엄마의 희생과 책임도 아닌
온전히 나를 한 사람으로서 믿어준
엄마의 용기 덕분이라는 걸 그제야 알았다.

난 여전히 겁이 많고 불안과 걱정이 많은데,

엄마는 나를 믿어주셨고, 결국 지금 이 순간까지 왔다.

이제 내가 그 믿음과 용기에 보답하기 위해

최선을 다해야 할 시간이다.

끊임없이 나를 우울의 감옥과

불안의 구렁텅이에 넣었다면

이제 탈옥하고 저 높이 솟아오를 차례다.

설령 배신당하더라도, 실패하더라도 괜찮다.

내가 잘될 것이라는

믿음과 두려움을 날려버릴 용기만 있다면
인생의 전성기를 맞이하는 건 시간문제다.

나는 할 수 있다.
당신은 반드시 해낸다.
우리 모두 반짝 빛날 존재다.

관계를 지킨다는 건
대화를 하면서 맞춰가는 일이다.
이 행위를 멈추지 않는 것.

그러니
우리 대화하는 것만큼은
멈추지 말자.

좋은 사람이 되는 방법은

내가 상처받았던 말,
내가 상대에게 피해받은 행동을
똑같이 하면 누구나 피하고 싶은 사람이 되지만.

반대로 내가 호의로 받은 것과 배려받은 것들,
보고 배우고 싶다는 생각이 들었던 것을 그대로 실천하면,
나도 모르게 '좋은 사람'이 되어 있다.

물론 내가 좋은 사람이 된다고 해서
인간관계가 늘 잘 풀리는 건 아니지만,
적어도 놓쳐서는 안 될 인연을
떠나보낼 일은 없을 것이다.

내가 잘해주는 이유는 모두에게 사랑받기 위함도,
엄청난 보상을 받기 위함도 아닌
좋은 사람에게 '진짜 좋은 사람'이 되기 위함이니까.

때론 적당히 해보자.
대충 살자는 말이 아니라
유연하게 균형 맞추며
이해할 건 하고, 양보할 건 하고,
넘어갈 건 넘어가자.

할 땐 하고, 쉴 땐 쉬고,
말할 땐 말하고,
말하지 말아야 할 땐
말하지 말고.

그렇게 인생의 균형을 맞추자.

참 좋은 인연이란

어렸을 땐 매일같이 나를 찾아주는 친구가 좋았다.
내가 그 친구의 전부인 것만 같아서.

어른이 되고는 서로 도움이 되는 사이가 좋았다.
인생의 방향을 정해야 하는 시기,
함께 발전해나가며 더 힘낼 수 있었으니까.

나이를 먹고 나니 가끔 봐도 좋은 친구가 좋다.
바쁜 삶 속에서 매일같이 볼 수 없지만,
가끔 봐도 어제 만난 것처럼 친근한 친구.

좋은 관계라는 건,

딱 어느 관계라고 정해진 적이 한 번도 없었다.
이렇게 내가 처한 상황에 따라,
그때의 내 모습에 따라 매번 달라졌다.

그러니
지금 당장 이 순간의 인간관계의 흔들림에 목매지 말자.
어느 한 시절에 함께 하던 관계들이 있었다면,
다른 시절의 나로 넘어가며
정리될 관계는 자연스럽게 정리될 뿐이다.
평생의 나와 딱 들어맞고
모든 순간을 함께 할 수 있는 인연은 그렇게 흔하지 않다.
나쁜 것도, 잘못된 것도 아니다.

원래 관계라는 게 그렇게 알고리즘이 박혀있을 뿐.

바꿔 말하자면
그렇기에, 그럼에도 불구하고
오랜 시간 내 곁을 지켜주는 사람들을 소중히 여기자.
흐르는 세월과 관계성 속에서도
굳건하게 내 곁을 지켜준다는 건
같은 코드를 공유하며 함께 성장하고,
함께 살아가고 있다는 거니까.
한 번 놓치면 그런 인연을 다시 얻는 건
불가능에 가까울 만큼 값진 인연이니까.

인연이 스쳐 지나가는 것에 슬퍼할 필요가 없다.

오랜 인연에는 감사하면 된다.

관계 때문에 혼란스러워하지 않아도 된다.

인연이란 생각보다 단순한 거니까.

그 사람을 알고 싶다면
완전히 잘해주도록 하자.

말하는 걸 보면 알 수 있고
행동을 보면 알 수 있다.

정말 잘해주면,
표정과 태도와 말투를 보면
그 사람의 본심을 알 수 있다.

이미 그대로 충분히 좋은 사람

'좋은 사람'이 되자.

나에게 좋은 사람이 오도록?

아니, 세상에는 좋은 사람이 있는 게 아니다.

나와 맞는 사람만 있을 뿐.

내 곁에 좋은 사람이 없다는 건

내가 별로인 사람이라는 뜻이 아니다.

나와 뜻이 맞는 사람이 아직 곁에 오지 않았을 뿐.

누군가에게 버림받고 상처받은 뒤

내가 별로인 사람이기 때문에

그런 일이 생겼다고 생각해서는 절대 안 된다.
그저 그 사람이 나와 맞지 않는 사람이었을 뿐이다.
좋은 사람이 돼야 좋은 사람이 온다는 건
완벽히 잘못된 말이다.
내가 아무리 좋은 사람이라고 해도
나의 다정함을 악용하고,
잔인하게 떠나는 사람들도 있으니까.

좋은 사람이 오도록 좋은 사람이 되려고 할 필요 없다.
좋은 사람은 어차피 반드시 언젠가 내 곁에 온다.
아직 그때가 오지 않았을 뿐이다.
당신은 이미 그대로 충분히 좋은 사람이다.

사람 '고쳐 쓴다'라는 말은 틀렸다.

우리는 애초에 고장난 물건이

아니기 때문이다.

이 또한 지나가리라

좋아하는 노래 가사가 하나 있다.

바로 혼성 그룹 '샵(S#arp)'의 노래,

〈내 입술 따뜻한 커피처럼〉이라는 노래 가사의 일부분이다.

'울지마. 이미 지난 일이야.

삶의 반직선 위에 점일 뿐이야.

살아가면서 누구나 겪는 일이야.

어른이 되는 단지 과정일 뿐이야.'

어렸을 때 우연히 듣고 가사에

마음을 홀랑 뺏겨버렸었는데,

가사를 일반 작사가가 쓴 것이 아니라

시인 '원태연'이 쓴 글이라고 한다.

어쩐지, 더 마음에 와닿는다 싶더니.

내가 잘하고 있는 게 맞는지,
이 방향이 맞는 건지 모르겠을 그런 때,
나는 습관처럼 이 노래를 듣는다.
우리 모두 혼란스럽고 힘들 때 정답을 찾아 헤맨다.
지금 내가 이 상황에서 해야 할 올바른 것이
무엇인지 알려주기를 바라고,
나 또한 그 정답이라는 것을 기준 삼아서
앞으로 나아가려고 하고.

그런데 왠지 이 노래를 듣고 있으면,
정답을 찾지 않아도 괜찮다는 생각이 든다.
아파하지 말자고, 이 또한 지나간다고,

누구나 겪는 일이라고…….
살아감에 따라 어떤 식으로든
나만의 방식을 찾아갈 거라고.

엄격하지만 내 삶을 올바른 방향으로 이끌어주는
선생님이 있다면, 이 노래는 마치
다정한 눈빛으로 나를 안아주며,
내가 살아갈 모습을 오지 않은 시간 속에서
안아주는 것만 같다.
그리고 나는 가끔은 누군가의 품에 안겨 엉엉 울고 싶은
어린아이일 뿐이고.

우리 잠깐 보는 사이가 아니라
화기애애한 사이가 되자.
편하되 즐겁고,
평생 갈 수 있는 그런 사이.

친구지만 가족 같은 사이가 되자.

행복해질 자격이 충분한 당신에게

살아온 날들보다
살아갈 날들이 아직 한참 많이 남았다.
누군가는 그 사실에 좌절하곤 한다.
지금껏 너무 힘들게 살아왔는데
이렇게나 힘든 인생이
앞으로도 남아있을 것 같은 마음에.

하지만 생각을 달리 해보자.
지금 내가 힘든 이유는 지금껏 그리 살아왔기 때문이다.
내가 살아온 날들 동안 나를 사랑해주지 않고,
나 자신을 소중히 여기지 않고,
나를 사랑하는 사람들을 떠나보냈기에

지금의 내가 힘든 것이다.

그렇다면, 지금껏 살아온 날들보다

살아갈 날들이 많기에

아직 나에게는 앞으로의 내 인생을

다시 행복하게 만들 수 있는

충분한 시간이 남아있다는 뜻이 되기도 한다.

살아온 인생 때문에 지금 괴롭다고 해도

살아갈 날들이 더 많이 남아있기에

당신이 다시 충분히 행복해질 기회가 있다는 뜻이다.

그러니 좌절할 시간에 나를 돌아보자.

나를 소중히 여기지 않은 시간을 반성하고,

귀한 인연들을 놓쳐온 그 순간들을 떠올리며
아직 나에게 너무 많이 남아있는 그 시간 속에서
다시 힘을 내서 앞으로 나아가면 된다.

당신은 행복해질 자격이 충분히 있는 사람이니까.

나와 어울리는 사람이란
그 사람과 있을 때 나의 모습이
마음에 든다는 뜻이다.

당신과 있을 때 내 모습이,
당신과 있으면서 바뀌는 내 모습이
너무 마음에 들어.

이런 사람은 조심해야 한다

내가 가끔 사람을 구분할 때 쓰는 방법 중에서
하나가 있는데, 바로 남의 이야기를 하는 것이다.
물론 자리에 없는 사람의 이야기를 하는 건
가급적 피하는 게 좋다.
조심스럽게 말해야 할 것이고, 자칫 잘못하다가는
나의 의도와 다르게 왜곡되어서
당사자의 귀에 들어갈 일도 있기 때문이다.

이런 일을 피하려면 우리는 없는 사람의 이야기를 할 때
좋은 점, 즉 선행에 대해서 말하는 게 좋다.
여기서 주의 깊게 봐야 할 건
자리에 없는 당사자에 대한 얘기를 했을 때 누군가

괜히 악담을 하거나,
의문형으로 자신은 납득하지 않다는 듯 말한다면
그 사람을 주의 깊게 보라.

객관적인 근거나, 단순히 자신의 열등감이나,
미움, 화를 주체하지 못하고 막말하는 게 보이면
다른 사람의 속마음에 대해 알아볼 수 있을 것이다.
애초에 사람의 본심이란
당사자가 없는 자리에서 나오기 마련이니까.
자리에 없는 사람을 험담하면
그 당사자는 자리에서 반박할 길이 없고,
일방적인 주장이라 할지라도

다른 이들은 잘 모르기 때문에
'그런가 보다'하고 넘어갈 수 있어서다.

또 내가 아닌 타인의 이야기이기 때문에
다른 제삼자에게 확인이 되지 않은 내용을
자연스럽게 전달하기 시작한다.
이것이 소문의 시작이다.
'좋은 소문'은 자극적이지 않기 때문에 잘 퍼지지 않지만,
자극적인 '나쁜 소문'은 금방 퍼지기 마련이다.
이제 조금 알겠는가?
잘못된 소문을 퍼트리고,
남을 깎아내리는 것에 집중되어 있는 사람을 알아보고,

이들과는 거리를 두는 게 중요하다는 사실을.

남을 잡아 내리려다가 결국 자신도 떨어지기 마련이다.

이런 사람은 조심해야 한다.

마음을 주면 줄수록
바라는 게 커지지만,
우리 사이가 틀어지더라도
후회는 없어.

지금 이 순간 당신에게
최선을 다하는 것뿐이야.

고마워, 내 곁에 있어줘서.

진정한 친구를 구별하는 4단계 방법

우리는 가끔 보면, 지인과 친구에 대해 구분하지 않는다.
딱히 구분 지을 필요가 없고,
또 그렇게 생각하는 건 바른 일이 아니라는
믿음 때문이 아닐까 싶다.

하지만 가깝게 오래도록 사귀어 온 사람이라는 뜻의
'친구'라는 말과
아는 사람이라는 뜻을 가지는 '지인'의 뜻은 엄연히 다르다.

어렵게 생각할 필요 없이 다음 4단계를
함께 할 수 있는 사람인지 아닌지만 보면
친구인지 아닌지 알 수 있다.

여기서 '끝 단계'의 친구가 없다고 해서
좌절할 필요 없다.
당신이 그런 사람이 되어주면 되고,
그렇게 하다 보면 자연스레
당신의 곁에 평생 동안 남을
진정한 친구를 만날 날이 올 테니까.

- 1단계
'다 같이 무리에 있을 때 함께 있을 수 있는 사람'이다.
정말 모임이나 무리에서 함께하는 사람이고,
친구라고 볼 수 있지만
내 생각에는 이 정도라면 지인에 가깝다고 생각한다.

- 2단계

'단둘이 있을 때 공감대가 형성되고

유대관계가 있는 사람'이다.

여기서부터가 친구라 불릴 수 있는 단계이고,

입문 시점이다.

대화가 오가고 서로의 이해관계가

잘 맞아떨어지는 순간부터 우리는

친구라 부르기 시작한다.

- 3단계

'기쁨과 슬픔을 공유할 수 있는 사람'이다.

나의 기쁨에도 질투하지 않고

진심을 담아 격려의 응원을 보내주는 사람.
나의 슬픔에도 공감해주거나 힘이 되어주기 위해
애써주는 사람이다.

그런 사람이라면 이미 당신이
놓치지 말아야 할 사람 중 한 명이고
'진짜 친구'의 범주 안에 들어온 소중한 사람이다.

- 4단계
'반복되는 어려움 끝에도 내 곁을 지켜주는 사람'이다.
사람은 잘 됐을 때, 좋을 때, 기쁠 때는
얼마든지 곁에 있을 수 있다.

하지만 만약에 내가 망한다면?

한 번 무너진다면?

평판이 바닥에 떨어진다면?

이럴 때 떠나는 사람은 여럿이 있을 수 있다.

그럼에도 내 곁을 지켜주고

손길을 내밀어주는 사람을 두고

진정한 친구라고도 하지만, '귀인'이라고도 부른다.

이런 좋은 사람을 얻기란

하늘의 별 따기와도 같지만,

투자해도 절대 손해보지 않는다.

후회할 일 없다.

그만큼 '진짜 친구'의 가치는

그 무엇과도 바꿀 수 없는 존재이기 때문이다.

당신이 어떤 선택을 하든 응원해.

그러니 원하는 미래를 위한 선택을 해.

닮고 싶은 모습, 되고 싶은 모습을 향해 나아가.

당신이 바라는 게 내가 바라는 것이니까.

진심으로 응원할게.

내 삶을 바라보는 관점을 바꿔라

'생각하는 대로 살지 않으면, 사는 대로 생각하게 된다.'

누가 말한지도 모를 정도로 유명한 어느 격언이다.

나는 삶이라는 것에 대해서 자주 생각한다.
어떻게 해야 더 행복해질 수 있을지,
내 주변 사람들에게 좋은 영향력을 미칠 수 있을지,
옳지 않은 것과 옳은 것을
합당하게 구분 짓고 판단할 수 있을지.

그리고 이중 무엇 하나 쉬운 것은 없다.

며칠 전 에스엔에스를 하다가 재밌는 글을 하나 읽었다.

“행복은 멀리 있는 것이 아니다.
존나 멀리 있는 것이다.”

행복은 멀리 있지 않다는 말로 시작하여 당연히
‘주변에서의 소소한 행복이 도처에 있다’라고 할 줄 알았다.
하지만 예상을 벗어나
‘존나 멀리 있다’라는 말에
나도 모르게 피식 웃음이 나왔다.

소소한 행복들을 하루하루의 면면에서

찾아나갈 수 있을지 모르겠지만,
내가 사는 인생이 그 자체로 행복해진다는 건
저 말처럼 존나 멀리 있다고 할 만큼
얻어내기 쉽지 않은 것이긴 하다.

내 주변 사람들에게
좋은 영향력을 미치는 것도 마찬가지다.
사랑을 하고, 친밀한 마음으로 화기애애한 순간도 있지만
마찰은 늘 있고, 우리는 이별하기도 한다.

사실 만남은 드물고 이별은 잦기까지 하다.

옳은 것과 옳지 않은 것을 판단하기도 쉽지 않다.
세상이 정해놓은 옳은 기준과 나 자신이 원하는 것에서
우리는 늘 저울질을 하기 때문이다.

그렇기에 산다는 건 이렇게도 힘들다.

하지만 그렇다고 모든 걸 손 놓고 살아가면
어느 순간 조금씩 삶에는 균열이 찾아온다.
행복은 고사하고 하루하루
불행의 구렁텅이에서 빠져나오기 위해 살게 되고,
사랑하는 사람들에게 좋은 영향력을 미치긴커녕
끝도 없는 갈등 속에서 고통받게 된다.

옳은 선택을 하게 되기보다 한 번의 잘못된 판단이
판단력 자체를 흐리게 하고
삶은 지속적으로 더 피폐해지기도 한다.

그러다가, 그렇게, 사는 대로 생각하게 되는 거다.

인생은 '살아가는 것'이다.
저절로 '살아지지' 않는다.
그 누구도 내 삶을 대신 살아주지 않고,
대신 행복하게 만들어주지도,
대신 유대감을 꽉 잡아주지도,
대신 올바른 판단을 해주지도 않는다.

매 순간 내 선택으로 내 삶의 주제가 정해진다.
주어진 순간 안일한 마음으로 삶을 대할 때
우리는 점차 무너지게 될 뿐이다.

삶을 가꾸고자 한다면 나에게 주어진 이 시간에 감사하자.
삶이라는 것이 주어졌다는 사실에 감탄하고
하늘을 올려보자.
모든 선택이 최선일 수는 없겠지만,
나 자신의 의지로 정한 선택을 하자.
당신이 한 선택이 길이 되고 돌아봤을 때,
그래도 나다운 삶을 살았다고 생각할 수 있도록.

당신이 행복하기를 바라며

좋아하는 글을 하나 인용하며 이 글을 마치겠다.

"너는 어느 쪽 인생을 선택하겠느냐고

스무 살의 나에게 물었다면,

괴롭든 어떻든 뜨거운 인생을 선택하겠다고

대답했을 것 같다."

— 기타노 다케시, 〈생각노트〉 중에서

최선을 다했는데도 결과가
만족스럽지 않을 때 기억하자.
괜찮다고, 한 번씩은 넘기도록 하자.

우리는 과정에서 의미를 찾고,
결과는 이에 따르는 것으로 생각해야 하는데
반대로 생각하는 경우가 많은 것 같다.
결과에 의미를 부여하고, 과정을 무시하면
내가 보잘것없게 느껴진다.
잊지 말자.
의미 없는 과정과 노력은 없다.

지금의 아픔, 힘듦, 어려움은
성숙해진 당신이 이겨낸다는 말처럼
당신은 상처보다 더 거대하고,
힘듦보다 더 강인한 사람이라고 믿는다.

당장 나의 미래가 어떻게 될지 모르겠지만,
당신의 오늘이 그 미래를 멋있게 만들어내는
과정 가운데 있다는 걸 나는 직감적으로 알고 있다.

당신은 이겨낸다.

오늘을 살아내느라 고생했다.

잘했다.

앞으로 더 거대한 사람이 되리라 믿는다.

제3장

나와 너, 우리가 될 때까지

주는 사랑, 받는 사랑

사람은 누구나 자기 자신이 제일 소중하다.
그런데 간혹, 자기 자신보다
누군가를 더 소중하게 여기는 사람이 생긴다.
그리고 우리는 그걸 '사랑'이라고 부른다.

어떤 사람을 곁에 둬야 하냐고 묻는다면,
난 감히 대답하겠다.
하루의 시작을 막 잠에서 깨어나 정신도 없는데,
당신으로 먼저 시작하는 사람.

자기도 아직 끼니도 거르고 배고플 텐데,
내 끼니를 먼저 챙기는 사람.

하루의 마무리에 피곤한 몸을 이끌고 집에 가는 길,
본인도 너무 힘이 들 텐데
나의 하루를 먼저 수고해줬다고 하는 사람.

그건 자기 자신보다 상대를 더 사랑하지 않으면
하기 어려운 일이니까.
그런 사람 곁에 머물러라.
그리고 그 사람이 주는 사랑만큼, 고스란히 돌려줘라.

누군가가 나를 자랑스럽게 여긴다는 사실은

살아가는 데 큰 힘이 되곤 한다.

그러니 너도 기억해줬으면 좋겠다.

네가 나의 자랑이라는 걸.

진심어린 사랑

책《만남은 지겹고 이별은 지쳤다》에서 이런 글을 읽었다.

'누군가에게 사랑했던 사람으로 기억될 수 있다는 건
참 행복한 일이다.'
'누군가를 사랑했던 사람으로 기억할 수 있다는 것도.'

뭔가 가슴 한켠이 아려오는 느낌이었다.
누군가가 내 인생에 들어와서 추억이 되어주고,
그 사람 또한
내 인생의 지나간 한 조각 기억이 돼준다는 것.
비록 이별은 가슴 아픈 일이겠지만
그래도 서로의 인생에 잠깐 머물렀다는 것.

그건 정말 아름다운 일이라고 생각한다.

그래, 사랑은 언젠가 끝나겠지만
그 사람에게 사랑했던 사람으로 기억될 나이니
사랑받지 못함에 가슴 아파하기보다
사랑을 더 줄 수 있음에 감사하자.

언젠가 내 추억이 될 너이기에
미워하기보다 이 순간 진심을 다해 사랑하자.

시간이 흐르고 나면 추억이 될 우리를 위해서.

사람들이 인생에서
실패하는 가장 큰 이유는

친구, 가족, 이웃의 말을 듣기 때문이라고
나폴레온 힐은 말했다.

난 여기서 이렇게 덧붙이고 싶다.
나의 중심만 바르게 서 있으면 된다고.

그다음에 다른 사람 이야기를 참고하거나
마음속에 새겨 놓는 건 더 폭넓은 선택을
할 수 있는 방법이라고 말이다.

나의 행복은 당신이에요

간절히 바라던 시험에 떨어지고,
그토록 바라던 일을 하지 못하게 되어도.

- 그 순간에 내 곁을 지켜준 당신이 있어 다행이다.

자기 전에 전화 한 통 할 수 있는 한 연인이 있고,
우울할 때 속 이야기를 털어놓을 수 있는 친구가 있고,
어려운 나날의 연속에도 기댈 수 있는 이가 있다는 건.

- 그만큼 값진 인생을 살아왔다는 증거다.

내가 이루고 싶은 꿈을 이루었을 때

함께 진심으로 기뻐해 주는 사람이 있고,

너무 힘겨운 나머지 눈물을 흘리는데

조용히 옆에 있어줄 수 있는 사람이 있다는 건.

- 우리 인생에서 얻을 수 있는 보물을 간직한 셈이다.

각자 사는 게 바쁘고,

예전처럼 얼굴을 자주 볼 수 없어도

한 번씩 만나 화기애애 한 시간 보낼 수 있는 건.

- 정신없는 나날을 보내더라도

당신을 잊지 않았다는 뜻이다.

힘겨운 하루를 보낸 뒤에도,

즐거운 하루를 보낸 뒤에도.

- 늘 떠올릴 수 있는 당신이 있어 참 감사하다.

나의 행복은,

어쩌면 당신일지도 모른다.

잘 배운 현명한 사람과 가까이하면
나도 좋은 사람이 되어갈 것이고
못 배운 못된 사람과 가까이하면
나도 결국 피해를 받게 된다.

생각해보자.
지금 나의 곁에는 누가 있는지.

사랑한다면

설령 끝이 오더라도
다시 하게 되는 것.
내가 막으려고 해도
막을 수 없는 것.

몇 번의 헤어짐을 맞이하더라도
반드시 다가올 수밖에 없는 사람.

사랑한다면
자연스럽게 마음이 가고,
사랑한다면
안달 나게 되고,

사랑한다면
내 마음을 막을 수 없다.

그러니 그 순간이 온다면
망설이지 않고 시작하자.

새로운 사랑이 왔다는 건,
여태껏 겪지 못하고 상상할 수 없었던
'행복'이 왔다는 신호이기도 하니까.

정말 강한 사람은

화를 누를 수 있는 사람이 아니라

원망의 대상마저도

용서할 수 있는 사람이더라.

그리고 이런 사람이 곁에 있다면

절대 놓치지 마라.

어쩌면 당신 평생의 귀인이 될 수 있다.

사랑을 위한 노력

시간이 남아서 사랑하는 게 아니라
없는 시간도 만들어서 사랑하는 것이다.

일이나 다른 사람과의 관계에 다 쓰고
남은 에너지를 연인에게 쓰는 게 아니다.

여유가 있어서 만나는 게 아니라
잠깐의 시간이라도 내서
둘만의 여유를 누리는 것이다.

여기서 나오는 조금의 노력은
더 사랑하느냐, 덜 사랑하느냐에 따라 갈라진다.

세상에서 설레는 일은 크게 세 가지가 있다.

첫 번째는 재미있는 것들이
세상에 너무 많다는 점이고
두 번째는 배워도 배움은 끝이 없다는 점이다.
마지막은 이런 배운 것을 토대로 재밌는 것을
나도 만들 수 있는 세상이라는 점에 있다.

연인끼리 중요한 건

연인 사이에서 중요한 건
깊어지는 대화를 해야 할 때
솔직하게 표현하는 일이다.

질문을 받았으면 '그냥', '좋아'라고만 말하거나
오해를 받았으면
'몰라'라고만 말하고 넘길 게 아니라
확실하게 설명하고, 말로 표현을 해야 한다.

"내가 순간적으로 말한 사소한 것도
기억해주는 부분이 좋아!"
"잠깐 힘들어서, 좀 쉬고 싶어서 연락이 늦어졌어. 미안해."

여러 가지 상황이 있고,
여러 가지 사연이 있으니,
그만큼 설명을 잘하고자 노력하고,
진실된 감정을 표현하면서

자신의 속마음과 사정을
솔직히 잘 털어놓으려 해야 한다.

반대로 상대에게 질문을 잘하고,
또 이야기를 경청하려고 노력하자.
질문하고 듣고,
구체적으로 잘 표현하는 일.

이것이 연인끼리 꼭 해야 할 일이고,

오랫동안 행복한 만남을 가지는 방법이다.

내가 하는 모든 노력이 나무가 자라는
과정과 같다고 생각해보는 건 어떨까.
천천히 아주 뿌리 깊게 내리는 기간,
튼튼한 기둥으로 자라나는 기간,
그리고 저 높이 찬란히 뻗어가는
이 모든 시간이 내 인생의 하이라이트 기간을
맞이할 순간들이라는 걸 잊지 않는 거야.

기대하지 않으면 포기할 것도 없다

애정결핍은
사랑받지 못해 생기는 현상이 아니라고 한다.
정확하게는 사랑받지 못해 생기는 것이 아니라
나를 사랑해줄 것이라고 믿었던 사람으로부터
그만큼의 마음을 받지 못할 때 생기는
마음의 병이라고 한다.
즉, 사랑받지 못한다는 사실이
마음을 꺾는 것이 아니라
사랑받을 것이라는 예측이 맞아떨어지지 않았을 때
마음이 무너지는 것이란다.

얼마나 많은 기대 때문에

내 마음을 아프게 해왔는지 생각해보자.

우리를 아프게 한 것은 늘 그 기대였다.

나를 사랑해주는 사람이 있음에도 불구하고,

그 사람의 마음이 기대에 미치지 못했다는 이유로

나는 상처받고,

그 사람에게는 실망하고 말았다.

상대방 또한 속상한 마음이 들었을 것이다.

사랑한다는 사실에는 변함이 없는데

마음의 정도를 멋대로 재단해놓고,

생각한 만큼이 아니라 상처받았다니.

기대하기 때문에 실망하고,

기대하기 때문에 상처를 준다.
우리는 생각보다 기대하느라
너무 많은 것들을 놓치게 된다.

기대하지 말아 보자.
오히려 마음이 가벼워진다.
내가 생각보다
더 큰 사랑을 받고 있음을 알게 된다.
예기치 못한 사람으로부터 받는 애정에
힘을 얻게 되기도 한다.
기대를 하지 않는다는 건,
무언가를 포기하고 비관적으로 살아가는 게 아니라

오히려 다가올 행복에

더 무방비해지는 것이라는 걸 알았으면 좋겠다.

전화 한 통뿐인데
문자 한 통뿐인데
만남 한 번뿐인데

그냥 좋은 사람이 있다.
친구, 연인, 배우자, 가족, 동료 등

이들이 곁에 있다는 것이 내 삶에
큰 위안이 된다는 걸 가끔은 잊고 사는 듯하다.

나의 일상에 활력소가 되어주는
좋은 사람들을 마음속에 간직하도록 하자.

후회하는 나를, 후회하지 않도록

뭘 그렇게 망설였는지 모르겠다.
시간이 흐르고 나니 진짜로 후회되는 건,
그때의 내 감정에 솔직하지 못했던 일들이다.
부끄러워서, 용기가 없어서 표현하지 못했던
내 그 숱한 감정들이
지금은 산더미처럼 가슴에 쌓여
넘어가야 할 산처럼 됐다.
표현하고 나면 후회할까 봐,
혹시라도 상대방의 마음이 나와는 다를까 봐
망설여왔던 그 모든 마음들.
돌이켜보니 안 하고 후회하는 것보단,
하고서 후회하는 게 훨씬 낫다는 걸.

왜 이제야 깨달은 걸까.

표현하지 않으면 마음은 닿지 않는 건데.

지금 이 순간에도

얼마나 많은 마음들이 채 표현되지 못하고서는

그 애틋함을 가지고 가슴속에 묻히고 있을까.

그 시절로 돌아갈 수만 있다면

어떤 마음이든 과감하게 표현했을 텐데.

그 당시의 나에게는,

지금의 내가

후회하고 있지 않게 만들 수 있는 힘이 있었는데.

적어도, 적어도.

앞으로는 그 어떤 마음도 담아두지 말아야지.

'만약에' 라는 말로 돌아갈 리 없을 과거를 회상하며

지금의 내가 후회하지 않게 만들어야지.

다가올 앞으로의 내가 뒤돌아보지 않게 만들어야지.

적어도, 앞으로의 나는.

'말하는 대로 된다'라는 말이 있다.

그건 내가 평소에 쓰는 말에 따라
우리 뇌는 그것대로 된다고 학습이 된다.

잘된다.
잘될 수밖에 없다.
나는 잘될 사람이다.

스스로 되뇌다 보면 이 말들이
내가 원하는 곳으로 데려다줄 것이다.

내려놓음이 주는 행복

내려놓고 포기할수록
되려 마음 편해지는
인생의 세 가지 문제.

- 첫째, 이미 끝난 인연

이미 끝난 인연은 보내주자.
정도 들었고, 진심으로 사랑했던 사람과
헤어지는 게 쉬운 일은 아니지만,
'나중에는 그런 인연도 있었지' 하고
생각할 수 있게 될 것이다.

그 인연과 좋았을 때든 아니든
분명 느끼는 게 많았을 거다.
그때 느낀 것들로 사람은 성숙해진다.
그 교훈을 마음에 새기고 다시 잘 살아가면 된다.

- 둘째, 내 손을 떠난 고민

이미 내 손을 떠나버린 고민을
계속해봤자 달라지는 건 없다.
마음만 더 아프고, 괴로울 뿐이다.
더 나은 결정을 하지 못한 거 같아서 아쉽다면

다음에 똑같은 실수를 반복하지 않으면 된다.

살면서 선택할 기회는 수없이 많이 찾아온다.
그때마다 늘 좋은 선택을 할 수 없는 건 당연하다.
이미 지나간 고민을 다시 떠안으면
새로운 좋은 선택마저 놓칠 수 있다.
훌훌 털어버리자.

- 셋째. 미래에 대한 부담

부담감은 생각보다 쉽게 생긴다.

주변 사람들의 시선도 두렵고, 자신이 자신에게
하는 기대도 어렵게 느껴진다.
하지만 그때마다 부담감에 짓눌려서
오늘과 내일을 망치면 안 된다.

부담감을 이기고 보내는 하루하루가
밝은 미래를 만드는 것이다.
그러니 주변 사람들의 시선을 신경 쓰지 말고
자신을 믿어주면서 그렇게 원하는 방향으로
나아가길 바란다.

과정이 어렵겠지만,

한 번 내려 놓아보면 안다.

내가 얼마나 무거운 짐을 짊어지고 있었는지 말이다.

이제 내려놓는 연습을 해보자.

막상 내려놓아도 아무 일 안 생긴다.

오히려 당신의 마음을 편안하게 만들어줄 것이다.

무언가 하고자 할 때
현실을 보라는 말을 심심치 않게 한다.

마치, 내가 하는 일에 장애물과 어려움을
고려하지 않은 채 시도한다는 건 멍청한 것이라고
한거 마냥 얘기를 한다.

현실은 지금 이 순간,
내 눈앞에 펼쳐지는 것들이
진짜 현실이다.

다른 사람의 말을 듣지 마라.
당신의 갈 길을 가라.
그 길의 끝에 만나는
찬란한 미래가 당신의 현실이다.

우리는 늘 서로의 곁에 있다

가끔은 어깨 위에 있는 짐을 전부 내려놓고
나랑 같이 걷자.

인생은 혼자 태어나는 것일지 몰라도
살아가면서는 많은 사람들을 만나고
그 사람들과 함께 하는 이야기니까.

사람은 어차피 혼자고, 외로운 존재다.
이런 말들을 진리처럼 여기며
혼자 외로움을 삼키고 견디려 하지 않았으면 좋겠어.
이건 너 혼자만의 이야기가 아니라,
살아가면서 네가 만나는 모든 사람들과 함께 하는

우리의 이야기니까.

내가 지쳐 쓰러져 있을 때
기꺼이 손을 건네준 너이기에,
너 또한 언제든 지쳐 쓰러져 있다면
내가 너에게 손을 건넬게.

너 자신에게만 그렇게 가혹할 필요가 있을까?
너 또한 힘들 땐 주저앉고 싶은 사람이라는 걸,
누군가가 내미는 손을 잡고 일어나고 싶은 사람이라는 걸,
혼자서 모든 걸 다 해낼 수 없는 사람이라는 걸.

우리 모두 혼자서는 살아갈 수 없는 외로운 존재니까
곁에 있는 사람 덕에 살아가잖아.

사는 게 내 맘 같지 않을 때 우리한테 필요한 건
거창한 무언가가 아니라 사실,
여전히 서로의 곁을 지켜주던 너와 나였기에.

사랑하는 사람은
나의 거울이에요.

그 사람을 아끼는 건 결국
나 자신을 아끼는 일이에요.

누군가를 소중히 여기고,
그게 고스란히
나를 소중하게 여기게 되는 일,
참 아름답지 않나요?

사랑하는 사람에게
'사랑한다'라고 말하는 것은
부끄러운 게 아니라 진솔한 거예요.

그러니 거울 속
나 자신의 눈을
온전히 마주하고 한 번
'사랑한다'라고 말해줘 보세요.

어른이 되어간다는 건

'아닌 인연'은 기꺼이 떠나보낼 줄 알기.
보고 싶다고 해서 모두 볼 수 없다는 사실을 알기.
누군가에게 미움받을 수도 있다는 일이
당연하다는 걸 알기.
투정 부리고 싶어도
속으로 삼켜야 할 때도 있다는 것을 알기.
힘들어도 참고 견뎌야 할 때도 있다는 것을 알기.

그리고 아주 가끔은,
참아두었던 그 모든 마음을
엉엉 울며 속 시원하게 내뱉기.

어른이 되어간다는 건,

그런 거라는 걸.

《탈무드》에는 다음과 같은 말이 나온다.

“남을 헐뜯는 것은 세 사람을 죽이는 일이다.
자기 자신, 상대방 그리고
그것을 듣고 있는 사람이다.”

또한 니체도 이런 말을 했다.

“어떤 이를 증오하는가.
상대방을 용서할 줄 모르는 이를 증오한다.”

미움은 끝도 없는 반복의 역사다.
가슴 안에서 끝도 없는 굴레로 이어진다.
한번 시작된 미움은 전이되고
눈덩이처럼 굴러 더 커질 뿐이다.

분노가 내 가슴을 지배하게 두지 말자.
좋은 것만 보고 듣기에도 인생은 짧다.
훗날 내 인생을 돌아봤을 때
삶의 태반이 증오로 가득 차 있다고 한다면
얼마나 후회스럽겠는가.

용서하자.

미움의 시간을 기쁨으로 채우자.

우리 마음은 사랑할 여유도 없어

하루하루가 쏜살같이 지나가기에.

소중한 인연이란

평생을 함께할 줄 알았던 인연이
이제는 인사조차 안 하는 사이가 되기도 하고,

금방 내 곁을 떠날 사람일 줄 알았는데
여전히 내 곁을 지켜주고 있을 때도 있다.

사람 인연이 참 그래서 재밌다.
예측한 대로 되는 게 하나도 없다.

내 전부를 다 줬던 사람이 곁을 떠난다는 사실에
슬퍼할 수도 있겠지만,
예기치 못한 값진 인연을 찾을 수 있음에,

전부를 다 줬음에도
떠나갔을 사람을 구분 지을 수 있음에
난 더 감사하기로 했다.

떠나지 않기를 바랐던 사람이
떠나갔다는 사실에 무작정 슬퍼만 하기에는,
그럼에도 불구하고 내 손을 잡아주는 사람에게
너무 미안하니까.
그 사람에게는 내 슬픔이 곧 자신의 슬픔이니까.
이젠 나를 떠올리지 않을 사람 때문에 가슴 아파하기에는
나 때문에 웃음 짓고, 눈물짓는
내 앞의 이 사람이 나에겐 너무 소중하니까.

그 사람의 말을 보면 생각을 알 수 있고,
그 사람의 생각이 보이면 행동을 알 수 있고,
그 사람의 행동을 보면 습관을 알 수 있고,
그 사람의 습관을 알면 성격을 알 수 있다.

어떤 사람인지 알고 싶다면 유심히 관찰해보라.
자연스레 인성까지 알게 될 것이다.

행복은 마음먹기 나름

전부였던 사람이 내 곁을 떠난 날에
죽을 것 같다가도
배가 고파 밥을 먹었다.

세상이 전부 무너지는 것처럼 힘들었던 날에도
수화기 너머 친구의 농담 한마디에 웃음이 터져 나왔다.

무기력에 잠겨 모든 걸 포기하고 싶었던 순간에도
치킨에 맥주 한 잔, 좋아하는 영화는 즐거웠다.

마냥 슬픈 건 세상에 없다.
그 와중에도 소소한 행복은 늘 있다.

내가 찾아 나서는 한

언제라도 나는 다시 미소 지을 수 있다.

내가 마음만 먹는다면, 난 언제나 행복할 수 있다.

우리 엄마는 내게 크게 바라는 것이 없었다.
그저 내가 잘 먹고, 잘 웃고, 잘 살기를 바라셨다.

나 역시 엄마가 그러길 바라는 마음뿐이다.
건강하게 잘 살고, 잘 웃고,
행복했으면 하는 마음이다.

대부분 모두가 소중한 사람에 대해 생각할 때
같은 마음이 아닐까 싶다.

이제는 잘 먹고, 잘 웃고, 잘 살고 행복해지자.

그럴 자격이 있는가에 대해서 고민하는 것도
아까운 우리 인생이지 않은가.

자존감이 떨어지는 걸 막는 법

나의 자존감이 낮아지고,
떨어지는 걸 막는 방법은 과한 상상을 하지 않는 일이다.
미래에 대한 두려움,
생기지 않는 일에 대한 불안감 등
우리는 구체적이지 않은 어떤 막연한 무언가에 대해
크게 생각하고 어렵게 느끼곤 한다.

좋은 상상은 종종 하되,
나쁜 상상은 잘 통제하도록 하자.
우리의 행복과 불행을 결정하는 일은,
이 상상력을 어느 방향으로 쓰느냐에 따라
달려있으니까.

불행을 상상하는 건 부정적인 생각이고, 이건 끝도 없다.
행복을 상상하는 건 긍정적인 생각이고,
이것 역시 끝없이 할 수 있다.

행복이라는 건
어느 때는 막연한 감정으로 보이고
뜬구름 잡는 느낌이지만,
상상하는 것만으로 즐겁고
또 큰 힘이 되어주기도 한다.

그럼 불행을 상상하는 건 어떤가.
힘이 되어주기는커녕 나의 발목을 붙잡는다.

그러니 막연한 불행을 상상하는 건 멈추고,
그래도 잘 안된다면 사실 여부를 확인하면 된다.

나를 힘들게 하는 건 사실 따지고 보면
다른 어떤 환경 때문이 아닌,
객관적인 증거가 아닌
불필요한 생각으로 비롯된 것들이 대부분이니까.

그런 말도 있지 않은가?
괜히 모든 일에 의미 부여하지 말라고.

부정적인 의미 부여는 덜하고,

우리 좋은 것에 의미 부여를 더 하는 쪽으로 해보자.

당신은 충분히 할 수 있다.

저마다 사랑에 빠지면 기억되는 방식이
다를 것이다.

첫사랑, 좋은 사람, 그리운 사람
여러 가지가 있지만 난 너에게 있어

자랑스러운 사람이 되고 싶다.

또 나로 인해 조금씩 바뀌는 너의 모습이
스스로도 마음에 들었으면 좋겠다.

그렇게 내가 변해가는 모습이 마음에 들고
내가 너의 하나뿐인 자랑이 됐으면 좋겠다.

차라리 덜 사랑했다는 걸 인정하라

이별을 고할 때 종종 이런 멘트를 하거나 듣곤 했다.
“사랑하지만 ‘~~한’ 일로 어쩔 수 없으니 헤어지자”라는.
맞다.
세상에 사랑만으로 어떻게 할 수 있는 현실들이 많다.
그래서 우리는 상대를 만날 때 조건을 따지곤 한다.

어느 날, 이 말에 모순이 있다고 생각했는데
그 이유는 우리가
사랑에 빠지는 과정에서 보면 알 수 있다.
아무것도 몰랐던 남을 알게 되고,
사랑에 빠지는 건 한눈에 반하거나,
어떤 계기가 있었기 때문인데

논리적이고 객관적인 이유보다는
당신이 반하는 포인트가 있었기 때문일 것이다.
내가 사랑에 빠지는 포인트,
그건 얼마나 객관적이고 논리적인가.

아마 대부분 사람이 그렇지 않고,
스스로 느낀 것들을 기반으로
상대에게 직진하고 연애를 했을 것이다.
그래 놓고 헤어질 때는 마치
공적으로 보고하는 것처럼
'~~한' 이유로 어쩔 수 없이 헤어져야 한다는 건
어쩌면 솔직하지 못한 걸지도 모른다.

차라리 솔직하게 말하는 게 낫다.

이 현실을 같이 극복할 만큼은 사랑하지 않아서,

당신과 앞으로의 미래가 그려지지 않아서,

무엇보다 그만큼 사랑하지 않기 때문에

이별을 고하는 것이라고 말이다.

좋은 사람, 좋은 말, 좋은 생각 모두 좋지만
인생에 때로는 좋은 일만 생길 수는 없더라.

좋음과 나쁨, 희망과 절망, 생과 사
그 과정 가운데 우리는 성숙해져 간다.

작든 크든 이 모든 과정을 밟아서
지금 그 자리에 서 있는 당신은
멋있는 사람이자 훌륭한 존재다.

지구라는 큰 땅덩어리 가운데
먼지만 한 존재인 한 인간이
우주만 한 고통의 크기를 감내하면서
살 수 있다는 것 자체가
난 기적이자 위대한 일이라고,
새벽 밤하늘의 별을 보며
한 번씩 생각에 잠기곤 했으니까.

난 방금 한 말이 맞다고 믿는다.
마치 무심하게 빛나는 별이,
눈앞에 출렁이는 파도가,
나를 스쳐 지나가는 바람이,
이 모든 것이 나를 위해 존재해주리라
믿는 것처럼 말이다.

당신은 충분히 대단한 사람이다.
이 사실은 절대불변의 진리이다.

우리가 살아갈 세월은 아름답다

누군가를 만나 사랑을 시작하면,
나는 이제껏 접하지 못한 것들을 경험하게 된다.

그녀는 낯선 이국땅에서
고등 교육 과정과 대학 과정을 밟았다.
고된 학업 생활을 하며 호주의 어느 작은 초밥집에서
아르바이트 생활을 병행했다.
평생을 한국 땅에서 살아온 나는
그녀를 통해 외국에서의 생활이 어떤지 전해 듣고는 한다.
매일같이 와서 팁을 주던 어느 노인,
무례하기 짝이 없던 손님,
퇴근길에 이따금씩 보이던 캥거루.

나라면 경험할 수 없었을 신비한 얘기들을
그녀를 통해 알게 된다.

그녀는 숨 막히는 외로움과 우울감 때문에
집에 물건이 가득가득하다.
마음이 공허해 자신이 한 번 소유한 물건은
잘 버리지 못하는 습관이 생긴 것이다.
그런 그녀를 보며 나는
이 집을 말끔히 치워주고 싶다고 생각하게 된다.
전부 다 비워내고, 나랑 같이 새롭게 채워나가 보자고.
그녀와 나는 어느 주말,
충동적으로 오래되고 기억에서 잊힌 물건들은

전부 버리고 대청소를 한다.
그리고 그 물건들이 빈 공간에
우리의 추억을 채워 넣어간다.

그녀에게 죽음이란 너무 두려운 것이라
삼백 살을 살 수 있는 약이 개발되기를 바라기도 한다.
그런 그녀에게 나는 말한다.
삶이란 백세불마, 영원히 사라지지 않는 것이라고.
죽음의 순간이 찾아왔을 때,
우리가 기억하던 모든 것들이
내 안에서 다른 형태로 재구성되고,
우리는 그 기억 속에서 영원히 살아가는 거라고.

중요한 것은 얼마큼 오랜 시간을 살아가냐가 아니라,
죽음의 순간 우리가 기억하는 모든 것들이
나를 영원한 행복으로 이끌 수 있도록
지금 이 순간 내 삶에 몰두하는 거라고.

요컨대 새로운 사람을 만나 사랑에 빠지는 건
단순하게 한 사람을 만나는 일이 아니다.
그 사람이 지금까지 경험했던 삶을 통으로
내가 한 번 더 간접적으로 경험하게 되는 일이다.
그리고 그 삶을 나의 일부로 받아들이는 일이다.
지금 여기에 있는 너와 나를 넘어 우리가
지금껏 경험해온 시간까지 서로 받아들이는, 그런 일이다.

그건 너무 완성돼있어서
나와 다르다고 함부로 바꿀 수 있는 것이 아니다.
하지만 우리는 사랑이라는 힘을 원동력 삼아
서로의 세월을 받아들이고 함께 하기로 약속한
그 시점을 기점으로
우리의 세월을 만들어 나간다.
그건 사랑만이 가능하게 하는 일이기에
나는 이 일을 몇 번을 반복해도 늘 새롭고 신비롭다.

그 사람의 세상이 나에게 온전히 녹아들고,
내 세상도 그녀에게 온전하게 녹아들 수 있기를 바라본다.
우리의 사랑이 영원이라는 시간을

허락할 수 있기를 바라본다.
내가 그녀의 눈을 볼 때
눈이 아니라 마음을 볼 수 있기를 바라본다.
내 눈동자에서 그녀 또한
내 마음을 읽을 수 있기를 바라본다.

당신의 질문에 내가 대답할 수 없을 때,
대답할 수 없음이 대답이기를 알아주기를 바라본다.
어떠한 대답도 또 다른 질문으로 이어질 뿐이니까.
말로 형용할 수 없는 사랑의 관계가
우리에게 언제나 영원하기를.

내가 가치 없거나,

무능해 보이거나,

못생긴 것 같다고

생각 든다면 읽어봐.

네가 무언가에 집중할 때

얼마나 멋있는지,

네가 사랑에 빠질 때

얼마나 사랑스러운 사람이 되는지.

누구나 일에 열중하고,

사람에게 사랑에 빠질 때 행복해지는데

그 모습이 얼마나 눈부신지를

네가 아직 몰랐을 뿐이라는 걸.

에필로그

사랑받아 마땅한 그대여,
원치 않게 삶이라는 광야에 던져져
하루하루 애석하게 버티며 살아가고 있지만,
파도같이 거대하게 몰아치는 시간의 풍랑 속에서
운명이라는 거스를 수 없는 흐름에
고통받으며 살아가고 있지는 않나요.

내가 이 세상에 존재하게 된 이유조차
누구 하나 명백히 알려주지 않고,
무엇을 위해 태어났는지 고민해봐도
해답 없는 되물음만 돌아올 뿐이고.
살아가야 할 이유가 명확하지 않아

당신의 존재를 부정당하고 있다고 생각하지는 않는지요.

어디에서부터 불어오는지도 모를 역풍에
한 발자국, 한 발자국 힘겹게 내딛고 있다가,
힘에 부쳐 쓰러져 있지는 않은지요.

내가 당신에게 좋은 소식을 하나 알려줄게요.

"저 별은 모두 당신을 위해 빛나고 있습니다."

삶과 죽음,
끝과 시작,

희망과 절망,

웃음과 눈물.

온갖 삶의 희로애락 속에서 당신은

그 의미를 찾아가고 있답니다.

어릴 적 나는 끔찍한 고통 속에서 살았습니다.

부모님의 무관심, 지독한 가난.

왜 사는지조차 알 수 없는 맹목성.

나는 매일같이 하늘에 소리쳤습니다.

이럴 거면 나는 왜 태어난 거냐고

만약에 신이 있다면

어차피 이런 고통 속에서 살게 할 것이라면
왜 나를 태어나게 했냐고.
아니, 더 나아가 신이 있다면
왜 이 삶에서 주어지는 아픔과 고통을
그렇게 방관하고 지켜만 보고 있냐고.
당신의 그 전지전능한 힘으로
세상에 더 사랑을 가득 채우고
희망을 가득 품을 수 있게 하고
앞으로 나아갈 힘을 주어야 하는 것이 아니냐고.
거친 역풍을 찢어발기며 앞으로 나아가게 할 것이 아니라
순풍을 맞으며 앞으로 나아갈 수 있게 해주지 않았느냐고.

삶을 '선물'이라고 부르지만,
태어난 순간 우리는 '죽는다'라는 운명에 사로잡혀있기에,
당신은 태어난 그 순간부터
나에게서 왜 그 '삶'이라는 선물을 앗아가냐고.

하루하루 고통에 몸부림치며 살아가던
그때의 나는 끝도 없는 외로움과
철저하게 혼자라는 마음의 감옥에 갇혀있었습니다.
나의 고통은 나를 잠식해가고 있었고,
내 마음은 하루하루 죽어가고 있었습니다.

살려는 발버둥이었을까요.

당시에 우연히 집어 들었던 책 한 권에
유독 많이 반복되는 단어가 하나 있었습니다.

"괜찮아."

괜찮지 않은데,
괜찮다고 해봤자 괜찮아지는 건 무엇도 없습니다.
하지만 제 삶을 돌이켜보니,
나는 나에게 괜찮다고 한 적이 있었나 싶더라고요.
'괜찮다'라는 그 말에, 괜찮아져 보기로 했습니다.
그러니 당장 내 인생이 변하고 괜찮아지는 건 아니었지만
그래도 괜찮아졌습니다.

괜찮아지고 나니,
다시 내 삶을 두 눈으로 똑똑히 바라볼 수 있었고
앞으로 나아갈 힘을 얻게 됐습니다.
무심하게 빛나던 별들이 더 이상 밉지 않았습니다.

지금 이 순간에도 한 발자국, 한 발자국
나아가는 당신에게 꼭 드리고 싶은 말입니다.

괜찮습니다.
당신은 혼자가 아닙니다.
세상에는 아직 사랑받아 마땅한 것들이 많고,
당신은 죽어가는 게 아니라

하루하루 최선을 다해 살아가고 있습니다.
당신의 용기와 힘으로 삶을 개척해나가고 있습니다.

그대여, 잘하고 있습니다.
지금껏 그래 왔듯 앞으로도 잘 해낼 것입니다.
조금 힘들면 쉬어가도 괜찮습니다.

"사랑합니다."

저 별은 모두
당신을 위해 빛나고 있다

초판 1쇄 발행 2022년 4월 22일
초판 5쇄 발행 2022년 8월 29일

지은이 손힘찬(오가타 마리토)
펴낸이 떠오름

기획 떠오름
편집 권희중, 권기우
디자인 한희정
마케팅 고경표, 김하나, 이민지
영업관리 김태영, 박가람

펴낸곳 주식회사 떠오름
출판등록 제2021-000002호(2020년 4월 28일)
주소 서울특별시 서초구 강남대로 479, 비1층 122호
전화 070-4036-4586 팩스 02-6305-4923
홈페이지 www.risebooks.co.kr
이메일 tteoreum9@nate.com

ISBN 979-11-92372-03-7 03810